突如其来的一切

田耳作品系列

田耳 著

长江出版传媒 | 长江文艺出版社

图书在版编目（CIP）数据

突如其来的一切 / 田耳著. -- 武汉 ： 长江文艺出
版社，2024. 12. --（田耳作品系列）. -- ISBN 978-7
-5702-3706-7

Ⅰ. I247.5

中国国家版本馆 CIP 数据核字第 2024FW4818 号

突如其来的一切

TURUQILAI DE YIQIE

责任编辑：田敦国　　　　　　　　责任校对：毛季慧
封面设计：颜森设计　　　　　　　责任印制：邱　莉　王光兴

出版：长江出版传媒 | 长江文艺出版社
地址：武汉市雄楚大街 268 号　　　邮编：430070
发行：长江文艺出版社
http://www.cjlap.com
印刷：湖北新华印务有限公司

开本：880 毫米×1230 毫米　　1/32　　　印张：7.125
版次：2024 年 12 月第 1 版　　　2024 年 12 月第 1 次印刷
字数：138 千字

定价：36.00 元

目 录 —— Contents

吊马桩

鹭寨旅游铺到下面河谷，那河谷对面冲天而起的"吊马桩"便是不容忽略的存在，怎么看都是景点。景点霸蛮不得，有的地方再怎么夸，也不是景点；有的地方反之，你要视而不见也做不到。就像年轻男女大都以为自己引人注目，无端地害起娇羞，其实，人群中惹人注目的只有那几个。

顾名思义，吊马桩其实是一柱石峰，却并非拔地而起，它多半部分依附、嵌入后面山体却又相对独立，下段与山体完全混淆，到中段渐有自己的轮廓，而到上段，吊马桩蓄势已久且决然地钻出头，比周边山体长一截。取这名字，自有相应的故事，寨里杨姓人家说，是当年杨家将杨令公路过时,用它吊过马,故名。寨里仅有的几户马姓人家则笃定地说,是自己祖上伏波将军马援留下,且说杨家将跟辽国过不去,根本用不着过鹭寨的地界。杨家人多势众,马家人少,但杨家的说法未能盖过马家。此外,没人追究一根吊马桩千百年里怎么就变成这座石峰。

我自小在鹭寨听说不少类似的传说,就说河谷一带,黑潭、背子潭、吆狗洞、江落田都自有故事流传。在铺天盖地的传说故事和现实场景不断重叠中,某些时候,我忽然觉得鹭寨如此辽阔。

寨里老人要形容吊马桩高耸的模样,也有说法:吊马桩,吊马桩,一头插进云中央。每个小孩也会这么念。我观察许久,从未见过吊马桩的顶部有云雾遮绕。父亲说:"是打个比方,山头哪会插入云中央?"但我见过几座山,峰顶确乎插在云中央,后面去到大些的城市,不断看见直接插进云中的高楼。"一头插进云中央"似乎不算难事,吊马桩却达不到,唯一的原因,是它不够高。

吊马桩不够高,但它险,从黑潭口一溜跳岩过去,上山的路贴着吊马桩,反复弯折,缓缓升腾。刚开始,路本是在吊马桩左侧,起脚时还有一截缓坡,每一折要走几十米。往上几折,开始打紧,十几米一折,几米一折,来不及眨眼又要转身。再往上去,就有一面整块的崖壁,名为"神龛岩",只是形似,意外地没有传说。神龛岩阻断这一侧的山路,于是,在吊马桩柱体三分之二的高处,山路绕吊马桩一匝,从左侧移向右侧,依然绵延不绝。整条山路,远看就是一条撑不死的贪吃蛇。

吊马桩下面有我们无忧无虑的整个童年。鹭寨的牛大都是水牛，往河谷里放。这一侧下河谷的山路纵是陡，牛走下去没问题。有的日子，尤其是盛夏，鹭寨所有的牛和所有的小孩都在河谷，我若去得晚，下到半山听到下面人声喧嚣和纷乱的水响，神经就绷紧，等着一头扎进水中。水远看是豆绿色，跳到里面睁开眼是一片蓝灰，别的伙伴浑身光溜溜悬浮在若有若无的前方。也有女孩子穿着长衣长裤（家里没有短衣短裤）凫水，带来一些黯淡的颜色。我发现她们总是各有所好，比如杨青露，她总是穿深色的衣服，而她妹妹杨红露，却是一身红，在水中最显眼。冬天也是好，可以聚一起烧一堆火，烤着各样吃食，芋头、红薯、荸荠、豆条、糍粑、腊肉，也有河里搞来的角角鱼、青标或者塘边鲫。彼时我们总是怀有饥饿，东西塞进嘴就有幸福。

河谷是鹭寨专属区域，牛从吊马桩那边下来，是要冒失足跌死的风险，马王塘的牛从不下来。但事有例外，一天一个马王塘的少年把牛赶下来。那头牛好不容易下到河谷，混进我们的牛。少年姓马，马王塘的男人都姓马。伙伴们并不排外，围过去，有认识他的人还主动打招呼。我看着不对，这里面一定有问题。我独自去到僻静处，思考哪里出了问题，杨红露跟过来。那一阵她喜欢找我说话，她竟然发现我见识比他们多，讲话还有趣。她长得算是漂亮，表情却有些呆，对我的赏识依靠一系列发呆的表情体现。我乐意在她的眼中显出那么一点与众不同，便提醒杨红露，那个马王塘的少年一定怀揣着不可告人的目的。杨红露对我的判断深信不疑,此后我们盯紧那个诨名蛐蟮的少年。他瞅冷子离开众人视线,钻向比人更高的芭茅丛中。河边的芭茅丛都很深。显然,我的判断正确,扯一扯杨红露的衣袖,要她跟上。很快,我们发现青露和蛐蟮抱在一起,嘴凑在一起。当时具体情况,是我早一步看见,红露还在后面钻。我扭过脸去,冲她做了一个"嘘"的动作,她竟然问我怎么啦。青露果决地将自己和对方撕开,扭头钻进另一丛芭茅。那天整个下午,青露双颊飘起高原红,难以消褪。红露仇恨地看着我,却不敢翻脸。我以眼神示意必将守口如瓶,不知她有没有看懂。而我,只能嗔怪自己,既然看出蛐蟮形迹可疑,怎么就看不出青露也可疑?她家就一头母牛,当天轮着红露放牛,青露偏也要来。

游客下到河谷,来回转一圈后,相机总对准吊马桩,咔嚓不止。相机还在用胶片,一卷 36 张,老手可以多抢两张。吊马桩犹如一个时尚女星,肆意地"谋杀菲林"。放下相机,他们纷纷问:"可以上去不?"

导游只能说不可以。

"为什么呢?"他们不免诧异,明明是景区,最像景点的一处石峰,山路往复盘旋,地势也不高,两百多米,分明老少咸宜,怎么就不能爬?

"那不是我们寨的地方。"

"乡下的荒山野岭还分得那么清?你们搞旅游可以和别的村寨联合嘛,有钱一块赚嘛。"游客总是能统观全局。

韩先让何尝不想把吊马桩搞起来开发使用？鹭寨旅游本来就缺景点，他还找人编故事忽悠，所谓"景不够，故事凑"。但在乡村，有些事看似很小，摆平也并不容易。其实最早来鹭寨并下到河谷的游客，很轻易就爬上了吊马桩。爬上去，还远远看见马王塘，一个穷蔽的村寨。游客总有许多好奇，到处拍照。有些游客腹中饥饿，想在马王塘找饭馆搞一顿土菜灶火饭，遍寻不着，只好在杂货店里买泡面，还主动多掏几块钱，说开水不能白用。

马王塘的人起初也摸不着头脑，稍一打听，才知道鹭寨在搞旅游，游客从河谷底下爬上来。一个村寨，敢给城里人卖门票，几十块钱一张，才能进寨，岂不是留下买路钱？马王塘完全是敞开的，游客串门也不是什么坏事，他们不偷不抢，喝开水都付钱。但马王塘的人不久以后还是郑重地递话过来，要鹭寨的旅游经营者管好游客，不要再去马王塘"打搅我们的平静生活"，甚至不要上吊马桩，"吊马桩年久失修，道路稀巴烂，若有事故我们也脱不了干系"。当然鉴于上吊马桩的山路是"历史道路"（马王塘人的原话），鹭寨的人仍然可以打那上坡，但游客不能走。这些话递到鹭寨，村主任又把话悉数转给韩先让，他们只是履行告知义务。韩先让说这事情可以通过村委解决，村主任却说不是，带话来的是"马王塘村村民治安联防队"，是民间组织。韩先让只有感慨，村主任杨宗贵这辈子最擅长的就是推卸责任。韩先让决定自己解决，那边既然是联防队发话，这边就出动自己的保安队长老瓢。

老瓢拖着瘸腿爬上吊马桩,饭都没得吃,马上又带话回来。他说马王塘人说,没什么好商量的,就这样办。老瓢来时我也在韩先让的办公室,他中午就拉我一块喝茶。老瓢进来以后一句话就交代清楚,在他看来,任何事情都可以一句话交代,余的都是废话。

　　"呃,这样。"韩先让说,"你有没有把我的话带到?你不会把我的话偷工减料了吧?"

　　老瓢感到冤枉,这样他的话才多起来。他是把韩先让的话不折不扣带到了,诸如游客都是好人,不偷不抢,而且买东西付钱,上厕所喝热水也会付钱,会将马王塘的风景拍下来到处发表,说不定,用不了多久马王塘也可以学鹭寨搞起乡村旅游。到时候,两个村子联营把旅游生意进一步做大,也不是不可以……但是和老瓢对话的马王塘村村民治安联防队的负责人,也姓马,诨名是马拐,他只是回以冷笑。马拐郑重地告诉老瓢,这是他们的最终决定,并不打算和鹭寨人商量或者讨论。马拐把手铿锵有力地一挥,示意老瓢可以走了。

　　"那杂种装得比你还忙。"老瓢最后陈述。

　　"怎么会这样呢?嗯!"

　　老瓢说:"还能怎样?我们寨卖票,他们眼馋了。"

　　"再想想,我们跟马王塘的人有什么过节?"

　　在场几个人都摇头,我们和马王塘隔了一条河谷一座吊马桩,现在去藤萝乡直接坐车,吊马桩的路弃置不用,彼此来往都没有,哪来的过节。

我忽然想到当年放牛往事，想到杨青露绯红的双颊，便问："那个马拐和马赤兵有什么关系？"

"哪个马赤兵？"

"当年找杨青露搞恋爱那个，大家叫他蛐蟮。十几年前的事了吧，那时杨青露十六，那个马赤兵十八。"

"后面怎么样了？"老瓢对自己侄女的事也不记得了。

在这一片地界，以放牛的名义搞恋爱，是自由恋爱的开端，甚至鹭寨人把婚姻明确区分为"找人说合"和"放牛搞的"两种方式，"放牛搞的"未必就是放牛搞的，它指代一切自由恋爱。"放牛搞的"未必靠谱，两人接上头，家里人要访对方家庭境况。当年一访，不得了，马赤兵家里似乎有肝上面的遗传疾病，爷爷和几个伯伯没一个活过四十五，他爸正好在坎上，果然在医院躺着。杨青露的父亲牛痣自然坚决地拆散了这对放牛搞的恋人，甚至找人盯住吊马桩，"见上面有人下来放牛，赶紧告诉我"。当时没有电话，但可以喊话，河谷传音性能好，胜似对讲机。我有一次听见有人"吆嘀"一声，又接着喊"吊马桩下来牛了哦"，声音漫出河谷飘向鹭寨。牛痣很快扛一柄柴刀赶下来。柴刀一般短柄，他那把接了长柄，双手可握，显然是备着挥舞出去荡平一片。他下到河谷，却没见马王塘的人，更不用说牛。他问刚才是哪个崽子打的吆嘀。没有回答，只有小孩扑通进水以及欢笑。他们就是想看看牛痣到底来不来,没想到还真来。其实杨青露听老子的话,和蛐蟮断绝来往,并不黏糊。过两年杨家"找人说合",青露嫁到堆云坪汞矿区,据说是一户好人家,我几乎再没见到。

别的村寨不免有人因父母阻扰,双双相邀去自杀,有的还买来炸药雷管,把两人炸得满天飞舞不分彼此。鹭寨的人从不干这种蠢事,我没有细究底里,但总认为和鹭寨光棍太多不无关系。鹭寨的光棍,让小孩尽早知道生命深处的悲凉,一个人赤条条来赤条条走,用不着跟别人太多黏糊。

韩先让再找人去查一查,果然,马拐就是马赤兵堂哥。但他们整村男人都是堂哥堂弟堂叔堂侄堂爷堂孙的关系,这又能说明什么呢?

游客对吊马桩的兴趣有增无减。老瓢观察到,吊马桩上白天时刻都有人。他们每天一早,假装把牛赶过来,在坡顶上啃吃青草。老瓢向韩先让汇报:"他们明明是在放哨,盯我们旅游,偏要弄几头牛,一叶障目。"

韩先让并不奇怪,马王塘人回绝得这般坚决,必有相应的行动。这联防队被马拐治理得纪律谨严,牛一整天都放在坡头。老瓢还用望远镜看见,中午时候有人管送饭,不再是以前我们用过的饭甑,一色的泡沫便当盒。

"……他们是有资金的,组织有序,保障有力,会一直搞下去。不要以为他们心血来潮搞几天,很快会撤走。"我提个醒。

韩先让点点头，这才想起问老瓢："要是我们带游客上去，他们又能怎么样？那天你问清楚没有？"

"他说让我们自己看着办，"老瓢说，"我已经跟你讲过的。"

"噢，我们自己看着办……"

其实是句狠话，类似"后果自负"，话不说死，充满想象空间，也就别具一份威慑效果。韩先让说："难道他们会从上面滚石头？"

有人接一句："砸了我们寨里人还好，砸了游客他们赔不起钱。"

"都赔不起，我们也是一条命。"韩先让说，"但他们要说石头自己滚下来哩？"

吊马桩会在雨季时不时地、小小地山体滑坡，不下雨也会滚落一些石头，小概率事件，反倒防不胜防。韩先让找来寨里几个老者，帮着回忆。以前多少年里，鹭寨人上吊马桩，也曾被滚石砸伤，最早能扒到民国年间，这地界还是陈玉鋆主事，贺胡子还在当匪，两人是铁兄弟。滚石伤人的事虽有，却没听说死人，不算大灾祸，这山路还一直走到现在。

老人的回忆比脸纹更清晰，话说到这，屋里几个人一齐陷入沉默。我们知道，没有哪部法律可以管住自行下落的石头，马王塘人若找这个帮凶，那厉害了。

马王塘人"关闭了对话通道"——韩先让从新闻里蔫来这个说法，用以回复关心此事的同寨中人。他不便说落石，不便追溯往昔的恩怨，这个说法既笼统又精确。于是接下来数天，我在鹭寨反复多次听见"关闭了对话通道"这说法，从一个老文盲嘴里，或者裤裆刚缝上的小孩嘴里冒出来。他们说话时的表情都有些严肃，知道此处应有愤慨。他们不会想到，一个人操弄着完全不属于自己的表达，会让我感受到荒诞，甚至是一种魔幻现实。

但是，吊马桩，游客看在眼里，馋在心里。这把麻烦都推给了导游妹子，她们每次下到河谷，都要劝阻游客，反复申明不能过到河那边，更不能攀爬吊马桩。但游客们上吊马桩的欲望，会在导游妹子阻止的那一刹，涌现得愈发不可收拾。

"怎么就不能上？"

"上去了又会怎么样？"

"为什么？为什么？嗯！"

导游妹子还不能用"落石危险"之类的理由搪塞，这会让他们更来劲。他们玩过山车大摆锤，他们蹦极，大头朝下地自由落体百十米，哪会怵吊马桩上几块松动的石头？几个妹子总是跟韩先让诉苦，每天阻止游客爬吊马桩累得舌头抽筋。

"……咱们关起门说自家话。"韩先让现在说话条理清晰，"你们先要替游客着想，他们掏了钱买了票下到河谷，最好的一个地方却不能去，他们心里亏不亏？再想想我们，好不容易拉来几个人，好不容易赚得一点钱，一旦他们被吊马桩落石砸伤，赚来的这点钱根本不够赔，我们心里亏不亏？你们每天都在做说服人的工作，表面上累一点，其实只要扛得下去，挨过这一阵，等我把吊马桩拿下来，等我们的旅游搞得风生水起时……哎，锅盖不揭早，好话不说早，即使以后你们出门打工，业务能力也甩别人一大截。等着看吧！"

老瓢则把红露扯到一边说话。旅游搞起来以后，红露就被叫过来干导游，因为一寨扒拉下来，就她们为数不多的几个，看上去不至于影响"寨容"。老瓢是她堂叔，他痛心疾首地说："她们几个说辞就辞了，留下来不见多，走掉后不觉少。你不一样，你算我们鹭寨一块门面，导游你不当谁当？匡其还想让他妈来当导游，要不然他妈喜欢进城翻垃圾桶。你想，这块阵地你不占领，难道还把位置让给匡其他妈，给游客留下看恐怖片的印象？"

红露就喷着响鼻笑起来，一旦笑起来，就会对大人言听计从。

她总是改不了缺心眼的毛病，十年前这样，现在还这样，喜欢笑，容易被别人哄着干任何事。她初中毕业就待家里，死活不肯再摸书本，只想跑出去打工，越远越好，比如深圳或者东莞。牛痣死活不让她出门，他知道，这个妹仔出门只有吃人骗的本事，骗她百回，她还眼巴巴盼着一百零一回。旅游搞起来，老瓢叫她来当导游，告诉她导游可是美女才能干的工作，收入也高，在鹭寨肯定一脚踏入白领阶层。红露听得又喜又怯。在家赚钱是好事，但她说"普通话我讲不好"。老瓢问她："你是不是哑巴？"她摇摇头。老瓢一锤定音，说那就行。

刚开始干导游那一阵，红露几次跟我诉苦，"讲那狗日的普通话，每天都要掉我半条命"，但她的命就好比庄子所讲的"一尺之棰""日取其半,永世不竭"。虽然说普通话不爽,但别的好事接连不断,比如有的游客会塞她小费,有时候是绿的,有时候还是红的。有时候钱里夹带着纸条,有的游客会非常直接地要她手机号,问能不能做朋友。"我没有手机。"她微笑地答,"我只有对讲机。"游客夸她漂亮,偶尔有外国游客,比如说来自马来西亚或菲律宾的游客,都夸她漂亮,说她在他们国家可以去选一选环球小姐。她一时存在感爆棚,碰见我就都跟我讲,我也顺势夸她:"你在东南亚美女堆里一站,肯定显眼。"果然,她要问为什么。"那还用说,你是早上八九点的太阳,她们是晚上八九点钟的星星——你最白。"她又喷笑了起来。有一天,她收到的信也拿来要我念给她听。我说你也初中毕业了啊,不认字? 她说草书我不认识。我一看也不是情书,那家伙曲里拐弯讲了许多废话,目的是约炮,且在文末打商量,这事行就行,不行就算了,千万不要告诉家里人。我问她信是游客塞来的,还是寨上或者旅游公司的小伙。她嘴一歪,说偏不告诉你。

"都准备好了？"上山前,韩先让最后一遍发问。

我们五人靠着山脚,冲韩先让逐个点头,在我们头上是整座吊马桩。因靠着山体,向上张望见吊马桩无比高耸。女导游桐花妹走在最前头。当她知道这次行动有危险性,脸上便有刘胡兰的表情。桐花妹走最前,导游旗也换上一面最大最鲜艳的,她还挥舞着,是让上面马王塘的人迅速地、准确地辨认出来,下面来了一伙游客。

韩先让找人扮成游客往吊马桩去,主动出击,肉身测试。去之前,他来叫我:"你本来就是城里人,马王塘的人又不认识你,你装游客都不用戴遮阳帽。"他想得周全,往我肩头一拍,又说,"没事的,也许什么都不会发生。"

"去就是了,别搞得像战前动员。不就是上吊马桩嘛,小时候我也去赶集,爬惯了的。"

我第一次爬吊马桩约莫五岁,当然是手脚并用,到了坡顶得来那么点自豪,因为此前都是三叔挑着我上去。箩筐一头是我,一头是挑到集市上售卖的一些东西,比如两三只窜动的猪崽。三叔会教训那些猪崽,要它们向我学习,不要乱动。回来时一头是我,另一头是集市上买来的一些东西,比如谷种菜种还有割好的肉。那时候吃肉要等五天一集,不赶集没有肉吃,许多人赶了集也舍不得买肉。那时候一担东西百来斤,挑二十里山路,换来一二十块钱,简直不计成本。我想起第一次爬上吊马桩坡头,回看鹭寨,已然有些远,在雾霭和树林的掩映中,寨子如此碎乱且陈旧……

不容我过多回忆,山路刚上去两折,便有扑簌扑簌的声响。韩先让低吼了一声:"躲好!"但耳朵分明听见那声音离得远,果然,几块碎乱的石头自那一侧神龛岩滚落,落水的响声很瓮,显然是掉入黑潭。我们用不着躲。

"他们真敢滚石头,还上去么?"

"怕卵!"这是桐花妹铿锵的答复。

桐花妹的声音鼓舞了我们,说实话我们也并不害怕,山路往复弯折,处处都是掩体,身子一歪就能安然无事。于是又往上走,韩先让还冲上面喊话:"下面有人,鹭寨的。"此后,扑簌的声音又响起两三次,而且渐渐地近了,从神龛岩移至我们头顶。直到有石头从韩先让头顶上滚出弧线。也许不是石头,是土坷垃,一边滚一边散落,像流星,掉到地上时已经完全散开无处寻迹。我们虽然不曾挨一记石头,但身上已沾有尘灰。

"差不多了吧,只是探个路。"

"对,火力侦测。"

"要不要电话问问老瓢?"

"不用,他敢不拍下来?"韩先让蛮有把握。

此时,老瓢按照韩先让的安排,带着人在我们那一侧山崖上找好位置,借来三台专业的相机和长焦镜头,三脚架上一摆就像是架了炮。吊马桩这边坡头只要有人滚石头,他们就会抓拍,留作"呈堂证供"。怎么拍照,韩先让用了半天教导,他开了几年广告公司,要说拍照也是鹭寨第一人。而且,事先他也交代参与此次行动的每个人,"不要让寨里那几家姓马的知道"。在他看来,在这节骨眼,姓马的都有可能是奸细。

我们往回撤,上了这边坡,老瓢没有主动迎过来,韩先让就预感到不妙。老瓢虽然瘸着腿,邀功领赏却从不含糊。走到坡顶,一片矮松林,老瓢一直待在架相机的地方。

"怎么样?"

"回去洗出照片再看。"

"数码了,现在就可以看。"

"画面太小……"

"可以在显示屏上直接拉大,要多大有多大。"

我们听得出,事情比韩先让的预计还坏。老瓢只有承认,"像是什么也没框进来"。"怎么可能……"事实都这样,一起负责拍照的三四个人纷纷证明,"只看见放哨的和牛,看见每一次石头滚落的地方,也拍下来,但看不见滚石头的人"。他们把拍得的照片逐帧放大,滚落的石头和土坷垃在成像的一刹那,都是静止的。只照见放牛的人和牛,他们仿佛和滚石没有关系,虽然放牛的小年轻一概都是杀马特打扮,头发都是用半斤染发剂和一筒发胶弄成型,但没有谁规定杀马特不可以放牛。

"他们先发现你们了。"韩先让扒完照片叹一口气。

"这一回我们都被他们算进去了。"

"你以为呢?要可以打枪,突突突,你们全部光荣。"

再回到韩先让的办公室喝茶,就没有老瓢的份。"你去检查工作。"

韩先让对他那么说。这下轮着老瓢犯蒙,问有什么工作要检查。"……不行就检查一下你自己的工作。"韩先让又那么说。

"老瓢就好比苦麻菜,能当饲草用,但性能单一,猪吃羊不吃。"门关上,韩先让又跟我们留下的几个人说,"我是看在他能治匡其,让他当保安队长,但他的本事,也就是治一治匡其。"

现在他喝黑茶,直接上炉煮。今天我们以肉身测试,纵是没达到目的,经验总要总结。他先指了我。我倒认为,马王塘人有分寸,他们滚石头或土坷垃,目的不在伤人,只在扰人。

"……伤了人他们赔不起,但只要扰人,就会影响旅游。游客往上一走,听到滑土落石的声音,有安全隐患,印象就不好。而且,现在很多人写博客,写几段评价,配几张照片,上了网,影响力你没法估计。"韩先让认可,说现在最怕就是没法估计的事情。

有人提议:"报案行不行?"

"报什么案?说马王塘的人在吊马桩坡头放牛?要是刚才老瓢拍到几张清晰的照片,捏着照片把人找出来,倒可以考虑报案。"韩先让说,"还有什么想法,继续提。"

"可以找政府嘛,乡政府。"有人低低地说。

韩先让皱起了眉。这帮人能想出的辙,他哪又想不到?但在鹭寨想找出一个思维独异的家伙,能老是冒出古怪又有用的点子,又谈何容易。

"现在我们空手空脚找乡政府，乡政府也会'协调工作'，但这就像两个小孩打架，谁告诉老师谁就算认了尿。"韩先让把药汁一样的茶水倒入一个个浅杯，又说，"要摆平马王塘那帮杂种，看来时机未到。这事先放一放，吊马桩就让马王塘的人给我们守紧了，谁也偷不走。"

私下里，他也跟我讲"时机"又是什么。"就像打了架去告诉老师，也要看情况，要是只是打输了去告，老师面上也会批评打赢的小孩，但那都不痛不痒。要是你不光打输了，身上还带着伤，反而有理，老师这时候就有责任，批评、家访、警告、记过，该上的手段都要上。如果让对方家长赔医药费，赔得肉疼，那小孩在家里还要吃打。"韩先让说，"小孩打架都要见血，何况我们现在搞生意！"

"你小时候打架多？"

"打得多不一定明白，挨得多才明白。"他乜斜我一眼，又说，"他妈的我们韩家寒姓敝户，我从小腰就驼，挨打都躲不脱，你还不知道。"

时机说来就来。隔几天，牛痣扛一袋复合肥去奈李园，半路跌下坎，额头开裂一寸半的血口子，身上还有多处擦伤和青瘀。鹭寨坡头全是见雨就成淌的泥糊路，这样的事并不鲜见。牛痣在坎下低低地哀鸣，想休息一会自己爬起来，到时再看回去治伤还是接着干活。这时虾弄正好路过，他从城里回，我托他带两条蓝芙。鹭寨只有黄芙，再往上是盖中华，蓝芙价格不高不低不贵不贱，本地人不抽，游客也不买。虾弄见牛痣跌下坎，自然也跳下坎问他怎么啦。还能怎么啦，一切都摆在眼前,只是有了来人,牛痣仿佛更显虚弱了。虾弄觉得有义务把牛痣扛上坎,往村里回或是拦个车往乡卫生所赶。但虾弄是个条理清晰之人,买到烟时就给了我一条短信,说十点钟能把烟送到我手上。现在突然有了变故,他一个电话打来,把这事告诉我。

"哦,牛痣叔怎么样?"

"还不知道……一脸血呃。"

"你先用手机拍个照片,把一脸血拍下来。"这是我下意识的反应,说话当时我不是很清楚为的什么。

"呃,然后呢?"

"看他到底伤得怎么样。你在哪里,我给红露打电话。"

红露正要带一队游客出发,饱览我们鹭寨的"大好河山",突然有事,她必须向韩先让请假。如是以前,她就叫老瓢代为请假,现在纪律意识提高,并为节约时间,直接找了韩先让。于是,我再去韩先让的办公室,说"牛痣跌下田坎,一脸是血",他就点点头,说"刚知道"。我俩眼神碰了一下,突然忽闪了一阵默契的火花。这时候我才确定,牛痣脸上的血,让我想起韩先让说过的"小孩打架都要见血"。这暮春里浓阴的一天,我俩因为"血"字显然想到了一起。老瓢这时候飘进来,汇报同样的事情。

虽然牛痣的摔伤跟韩先让没有关系,但鹭寨难能可贵地保留着本地新闻极为畅通的传播渠道,同寨人一点点事情,很快就会想方设法钻进每个人耳朵。于此我想到十几年二十年前,寨里每张会说话的嘴几乎都具有高音喇叭的性能,每次赶藤萝乡的集回来,还未进寨,寨子上空就飘扬着种种消息并口口相递。"宝盖割了两斤猪板油!""飞机卵买了一个幸福牌高压锅。""荡毛买了一对阳鸭子,还给他婆娘扯了新的月经带。"我们也扯起耳朵接收信息,谁家割肉多,就晓得炊烟起时往哪里聚。

老瓢也来汇报此事,韩先让显然意外,问他:"然后呢?"

"什么然后?"

他确定老瓢只是顺口讲出来,有口无心,不再意外。两个人能同时从牛痣一脸血里看到机会,已是极小概率事件;若老瓢也能看出玄机,那我们鹭寨真是不愁没有人才。

"你去找几个人,穿成游客的样子。相机我带去。"韩先让不忘提醒,"还是不要让姓马的人知道。"

"又要……"

"赶紧!"

老瓢出门,韩先让赶紧把电话打给虾弄,再让虾弄把手机递到牛痣手里。当时他们正坐车往乡政府去,事后虾弄说,龙马车的颠簸让牛痣脸上流更多血,他不失时机又拍几张。牛痣接过电话,韩先让简明扼要把自己的意思讲出来,说这事只要他配合得好,治疗费用都可以让马王塘的人报销。牛痣跌破了脸没跌坏脑子,反应很快,知道医药费花不了几个，当即就提要求说可以配合，但事后也要到旅游公司上班。

韩先让无奈地朝我翻个白眼。旅游生意搞起来，寨里人都知道不失时机问他讨好处。

"……他们是吃老板，用老板，不怕老板卖屁眼。"韩先让好几次跟我说，"鹭寨里不算计我，却愿意帮忙的，只有你这样的闲人了。"

电话还在继续，韩先让问牛痣："你要来可以，但干些什么呢？"牛痣断然搞不了导游，也干不了景区的宣传、营销和管理等工作。牛痣表示，当保安总是可以的。事不宜迟，韩先让爽快地答应。牛痣还说："老瓢都是保安队长，他要叫我一声哥……再说我又不瘸腿。"

"好吧，你自己和老瓢打商量。要是老瓢愿意把位置让你，我没有意见。"

牛痣在电话那头迟疑一会，老实承认，这事有些难为情。

"你先干副队长吧，先熟悉一下工作。"

摆平牛痣，喝一壶茶，老瓢已聚起他们公司几个穿戴入时的年轻人装游客，我当然也位列其中。事不宜迟，这次换成老瓢身着保安服走最前面，桐花妹上次表现英勇，这次也少不了。我们很快过了黑潭，要上吊马桩。

上面窸窣有声，河谷很空，许多声音都被莫名放大。我们知道上面的人第一时间发现我们的动响。

"大家要小心！"虽然是废话，老瓢倒也尽职尽责。马王塘的人还是不爱说话,很快将第一批石块或土坷垃推了下来,远远掉入黑潭。香港警匪片看得多,也不是没有好处,比如"鸣枪示警"的道理已然深入人心。继续往上面走,老瓢示意我们都要将头低于一旁的土埝,只有他一人,时不时将头拱出来,活靶子似的晃动。上面的人不回话,只是滚石头,越滚离我们越近,都在数丈之外。

老瓢接到短信,韩先让说已拍到上面滚石头的家伙。按照事先约好的步骤,老瓢便冲上面猛喊几声:"呀,砸死人咯,砸死人咯……"

事情至此,我们可说是圆满完成了任务,到时候韩先让掏出马王塘人滚石头的照片,和牛痣受伤的照片,交到乡政府,自有领导去走访马王塘的人,搞些医药费不成问题。上面一片寂静,或许老瓢的喊声让他们乱了阵脚,或许滚石头的人仓皇逃窜……不管怎么说,"村民治安联防队"只是一群乌合之众,无事一起嚣张,有事顿作鸟兽散。本应撤回,老瓢一时来劲,冲我们说:"你们不要动,我过去看看情况。"

数丈之外,有块翘出地面两三米高的石笋,他认为爬上去可以张望坡顶。

整个过程都明白无误地摆在我眼前:老瓢眼看就要爬到那块突兀而起的石笋顶上面,瘸的那条腿固然小心翼翼,措置在合适的位置,不瘸的那条腿一直支撑整个身体,而适合落脚的位置又总是让给另一条腿。快要登顶,忽然一脚踩虚,老瓢"呀"的一声,人就从石笋上滚下来。我们看在眼里,一起"唔"地叫出声来,不忘压低声音;而桐花妹"妈呀"

一声尖叫。山谷传声清晰，对面坡头就有人问怎么了。

后来我跟韩先让讲起当时的情形，我认为老瓢指定我留我在那个位置，就是为了更好地描述整个过程。同时我也百思不得其解，他凭什么说爬上那石笋就能看到吊马桩坡头？这显然是想当然了，我怀疑那一刻老瓢就是想爬上去，以证明自己爬得上去。上次他想泡小杜寨招来的导游花花，却被四毛横刀夺爱，现在有迹象表明，他又盯上了桐花妹。虎背熊腰的桐花妹，被别个男人暗恋的几率较小，所以老瓢以为自己的几率就大。

好在石笋只这么高，下面的坡势不陡，老瓢跌滚下来，我们几个人试图去捞他，他滚到了下一坎，才被灌木枝条挂住。我们跳下去将他拽起，皮开肉绽已不可避免。

韩先让的电话这时候就打了过来，我如实汇报，详细陈述。韩先让懊恼地说："早知道，就用不着白白贴给牛痣一个岗位了。"但这些突发情况，又怎么可能事先知道？他还不忘叮嘱我："赶紧抓几张照片，见血的地方抓特写！"

这些照片以及卫生院出示的一摞诊断材料（两个轻微伤）使得乡长出面去了一趟马王塘，这事情要么和解，要么赔钱拘人。乡长和蔼地说："这次我先不带公安过来。"马王塘的人不愿被拘，更不愿赔钱，所以痛快地表示"以后随便他们来爬吊马桩"。乡长又指示："不光要随便,还要表示欢迎。"他们便表示欢迎,还表示会印成横幅悬挂在寨子里几处显眼的位置。乡长很满意,走这一趟,自己工作白赚了些成绩,便发表总结:"一座吊马桩,在你们手里是烧火棍,递到鹭寨人手里就变成金箍棒。你们不要一直揣着当土匪的想法,一旦居高临下,就老想砸石头给人家脑袋开瓢,旧社会的经验已经用不上了。你们多找找彼此差距,多向鹭寨的人学习!"

钱没有赔,对于韩先让来说,也是正中下怀。他代表鹭寨的人展示了宽大的胸怀,两位伤员的医药费,他可以悉数承担。其实这个数字可大可小,韩先让所要付出的,相对准备给马王塘人的报价,大概就是"一折八扣"。

牛痣为配合工作在乡卫生院咬牙躺了两天,回寨里以后,就到韩先让那里领了一套保安服。他问队长的肩章和普通保安有什么区别。

智取吊马桩带来的好处,寨里每个人很快看出来:以前游客来了后,在鹭寨逛一圈,河谷走一圈,满打满算也就两小时。对于旅游景点,两小时的旅游时间其实有点尴尬,这意味着不能留人吃饭。旅行社的行程表,往往把这两小时安排在饭点以外,把游客带到下一个景点。韩先让曾和旅行社交接,能否安排饭点,让鹭寨的餐饮业能搞起来?对方回答说,你们这种景点,餐饮市场很难培育,头几年我们会少拿多少回扣?这笔损失怎么算?

拿下吊马桩后,这个问题自行解决,导游把吊马桩当主打景点来推,游客不往上爬一趟,心里就亏。一上一下少说一个多钟头,再回鹭寨,免不了吃一顿饭。游客们上吊马桩还不觉察,返回时,眼睛一瞟河谷有这么深,双脚就抖,下到河谷腹中带响,吃什么都咂出满口滋味。久贵他们率先在河谷滩头打灶生火,开起的饭店都像是土匪接头的地方,但生意不差。马王塘人被乡长一点拨,头脑开始开窍,也在寨子里搞餐饮,在坡顶招揽游客。但是,导游妹子都是这边的人,她们只消说一句"吃饱肚皮不好下坡呢",马王塘人就捞不到一桩生意。

"两边坡头都有草。"鹭寨的人对此总结,"羊往哪边吃草,拿皮鞭的说了算。"

寨里本来有四五人户,大门对着主街,每日看见游客来往,倚仗这点便利,大门敞开,因陋就简搞起农家饭庄。事实上,游客更乐意在河谷露天用餐,山情野趣,水声云影,都和简陋的菜品相得益彰,所以河谷里搭着茅草棚搞起的饭店,很快就有一排。开饭店之前,钱都是韩先让赚,现在大家仿佛尝到了甜头。比如一只活鸡,运到藤萝乡集场上卖,十来块钱一斤,等贩子上门来收,还到不了十块。现在他们知道,"清水炖成一锅汤,多加白胡椒粉,少说卖八十"。在此之前,鹭寨人做菜从来不用胡椒粉。河虾炒韭菜二十八;塘虱拖了面粉炸香再炖老豆腐,卖三十八;半只鸭肉加一斤黄豆一斤水豆腐炖成粑粑糊糊的一锅,卖五十八……游客来他们各自忙不停,互相抢生意,一旦无事可做,他们就聚一起交流生意经,每天都有所发现。重要的,是不能像自家吃饭一样炒净肉,一定要荤素搭配,写在菜单上仿佛是道肉菜,上了桌荤少素多。游客非但不计较,甚至主动说肉不要多,多放些小菜。他们都夸游客素质越高越爱吃素,但还是要荤素搭配,全素的菜价格定不上去。他们更爱夸赞广东的游客,鸡汤喝完鸡肉都剩在锅底,把那叫成"汤渣",简直就是活雷锋。

吊马桩成为鹭寨风景,自是容不得浪费,导游妹子就尽量劝说游客往上面爬,"上面可以看到我们鹭寨的所有风景"。外面旅游公司也相应增加了在鹭寨停留的时间,停留时间稍有增加,大巴车数量也随之增加。这一侧下河谷还算和缓,游客都能上下;对面吊马桩的路完全不一样,上去还好,到坡头往回一看,有游客小腿就止不住地抽。上山容易下山难,下山才见高度。

有的游客不敢爬这么高,河谷里几家饭店就开始经营茶水,十块钱一位无限续水。河谷饭店几乎围着黑潭建起来,有如鹭寨新增一处聚居点。有水性好的游客,见黑潭一泓深绿,越看越惹眼,脱剩裤头猛地扎下去,问怎么扎不见底。"有十副箩绳这么深哩!"有女游客穿着长衣长裤下水,游得很好,终究不舒展。很快三家饭店挂起了游泳圈,还有一家挂起泳衣泳裤。卖泳衣泳裤的是兵暴,他胆子大,第一次去拿货就掏了一千多块,因为总要几十件一起挂起来,货卖堆头;挂少了,游客还以为是他们自家在晾晒。兵暴的老婆桂芬哪有远见,就晓得找他吵架,虽然两口子见天吵架不失为一种人生乐趣,但这次和解显得过快——因为出货蛮快,一件进货二三十,出货七八十,游客大都不还价。千把块钱成本没两天就到手,货只出了三分之一。

兵暴冲桂芬说:"我眼神不好,你去再拿一批,款式要时兴的。"

"我哪看得出来,时不时兴?"

"你往身上一穿,再照照镜子嘛。"兵暴顺势把桂芬屁股一拍。平时只能是她拍他屁股。

"今天我拍了我家桂芬的屁股。"当晚兵暴还不忘跟人吹牛,他把那只手扬起来,免不了多喝两杯。

滑竿的出现,几乎是应运而生。

开始时,上吊马桩客人纵有腿脚发软,都是霸着蛮自行下来。这天来了个平原女客,三十来岁,虚胖。往上爬,她还兴冲冲走前头,待要下来,不光腿软,真就走不动路。导游是红露,还教她一些经验,比如说,在路陡的地方就转过身去,眼看泥土,像下梯子一样一步一步往下探。女客一想也是在理,掉过头去只看见几尺远的泥土,仿佛用不着害怕。但往下走一截,女客余光瞥见河谷底的幽深,而且她说,"这不是自欺欺人嘛"。一般说腿软往往是心理作用,这天红露的确看见那双软脚走路打滑。两女客的同伴想扶住她,但她们也仅能自保,无力帮人。红露去扶她,她又走一截,到山路转折的地方,没有草树遮掩,转角处岩崖陡然深邃。女客一声冷哼闷在嗓子眼,整个人便蹲下来,不肯再挪半步。

"……有个游客腿软,下不了山。"红露电话打给老瓢,她总是先打给老瓢,老瓢看情况再往上汇报。

"怎么会下不了山呢?她难道不是自己上去的么?"老瓢只好发蒙,他自己从未有下不来的经验,当然也不知道怎么教人。

"腿软了,强行下山有危险。"

"那你背她下来嘛,你挑柴都挑百把斤。"

"她比我重……"红露又说,"出了事怎么办?"

旅游就怕出事,韩先让反复提醒:"游客不是寨里人,个个娇贵得很,伤了赔不起,死了咱就关门跑路。"

作为保安队长,老瓢赶紧说:"你等等,这事情我马上汇报!"

红露见女客没法迈出半步,索性背她。红露背着胖女人不敢下坡,咬牙往坡上走,几百个台阶后,把女客卸在坡顶。女客好一会才把一口气喘平。

老瓢找来明鱼、虾弄打商量,帮着解决紧急情况,不白干,女客已答应付钱。两人找两根竹竿,绑上一张躺椅,就是乡间常用的滑竿。以最快的速度赶了过去。滑竿绑上躺椅抬人,以前在鹭寨也算常事,公路还没进寨子,有谁犯病,谁家婆娘想不通灌了自己半斤农药,都是用这玩意抬去藤萝乡处理;有时猪发瘟也是用滑竿抬,椅子省了,直接五花大绑。公路修通后,这玩意很多年没用了。两人忽然又扛出来,寨里人自然稀奇,一路有人问抬人还是抬猪……

两人把那女客抬下坡,女客全程两眼紧闭,到了河谷,女客才敢睁开眼,脸上渐渐回了血色,不多说,爽利地掏一张红钱。

"……你们还可以再抬我上去么?"女客又指了指这边坡头。

明鱼、虾弄一时犯难。刚才女客掏一百,红光一闪,接到手里,两人暗自一喜。要知道,以前抬人,上山下坡三十里地抬到藤萝乡去,也才几十块钱辛苦费,甚至还有亲戚间帮忙一分不掏。这时女客忽然又说要抬上坡,两人以为都包含在一百块钱里,不干显得不厚道,干的话又有些伤筋动骨。毕竟,许多年没有抬这么重一个物件爬坡了。女客又说:"不亏你们,再加一百。"两人再将她抬起,或许是心理作用,竟觉肩头轻了许多。抬上这边山确实比抬下吊马桩轻省许多,上山只是累大腿和膝盖,下山时,神经都绷紧在脚踝,一路往下,从脚根扯上脑侧,太阳穴都感觉累。

好事不出门,赚钱传千里。明鱼、虾弄赚了两百,当天不可避免地被所有鹭寨人谈及,谈到最后还要归结为韩先让仁义,"一分抽头都没有,两百块钱净赚的"。现在大家都乐于歌颂韩先让的仁义,越是歌颂,他就越是不好意思不仁义;韩先让一旦仁义,鹭寨人都有可能分享。不须多说,大家心底都是有谱。果然,第二天明鱼、虾弄不干别的事,照样是那副滑竿,直接下到河谷,游客一来就站到路边,不需招徕生意,谁都看明白是怎么回事。有游客问了价钱,明鱼老实,说一百,别人就还六十,最后就成了八十。那游客比昨日女客轻了不少,又是抬上坡,两人合计还能把人抬下来。没想那游客上了坡以后,自行爬下来,简直一溜小跑,一点也不慊。

明鱼、虾弄空着滑竿下来,虾弄就说:"是人都要还价,以后价格要报高一点。你说一百二,别人再一还不就一百了?"

"我报二百五,人家是不是就还成两百?"

"也是要靠谱。"

盘算归盘算,事情的变化哪是盘算得出来的。前几日抬滑竿的生意仿佛被明鱼、虾弄两人包下来。两人每天都去河谷,独门生意,基本没落空,有一天来了三拨客,就做三趟生意,其中有一人还是抬上又抬下,当天每人各赚两百。明鱼、虾弄正盘算着是不是开价一百五,等着游客还至一百二,情况忽然又有很大变化。滑竿哪家都有,没有也是费点工夫就能弄出来的,河谷一下子就有十多个闲汉,等着抢明鱼、虾弄的生意。明鱼、虾弄前几日是不要招徕,游客主动上前搭话,价格也好谈。这天人一多,价钱就降到六十,往上抬了有六七个游客。

人一多,还易扯皮。一个游客过来,微胖,走路已有些吃力,额头汗珠比别人饱满,腰际耷拉着一条汗巾,一看就是要坐滑竿的。兵暴在前头。现在他把店面生意交给桂芬和女儿,拉了牛痣搭伙抬滑竿。牛痣固然进了韩先让的保安队,但这几天还没安排他具体工作,韩先让也没时间规划一个保安副队长的责任范围,所以他认为自己有空和兵暴一起抬滑竿。他身上的伤说好就好，虽年过半百，但抬岩挑山的事情，因童子功扎得稳，这帮半老的爷们大都比年轻人强。

"要不要坐滑竿？"兵暴迎上去。

"好！"目标顾客擦擦汗，并不问价。

"八十。"

"好！"

真是个好客，无比爽快，且像是捡了便宜，他脸上现出笑容。

这时候，吊井偏要斜刺里杀出，冲那人说："我这边六十。"他还把右手翘成烟斗状，拇指对着自己，小指翘向目标顾客。那人脸上犯蒙。

兵暴便把吊井往旁边一拉，问他"怎么回事"。

"生意都是这样做，要是你不适应，可以不来。"吊井笑。他既然敢上来说话，就准备好怎么回答。兵暴脸一拉，扯住吊井衣领，登时有人扯劝，转眼两人中间就隔了几重人。人多的时候，架并不容易打起来。

吊井虽然抛出了公平竞争的观点，但当天大伙一致裁定，既然游客已跟兵暴说了好，吊井再开口就不妥。"……时机把得不对，慢了半拍。"眼下，主事的变成窝火，他跟兵暴和吊井都不是一姓人，方便夹在中间说话。所以，这单生意还是归了兵暴和牛痣，众人把目标游客簇拥着弄上滑竿，一起喊着一二三，将他郑重地抬起。上到坡顶，这游客掏了一百，不要找。"我有点重，比他们还重。"他很认真地说，又是擦汗。刚才滑竿在促狭的山路上迂回辗转，游客坐上面瞟着一旁的深谷，十足惊心动魄,滑竿坐得简直如同摇摆过山车。他表情仍有些蒙,着实想不通,这样玩了命的苦活累活,挣个几十块,为何还有人抢?

抬滑竿的生意,忽然变成了砧板上的肥肉,鹭寨人谁都可以割一刀,只要下刀,都沾得着油水。人转眼更多,鹭寨没事可干的男人全往河谷里聚。地本来就少,全寨的地不够七八十岁老人侍弄,年轻人反而闲着。一些人只能是看热闹,真的能抬滑竿的都很整齐,差不多的岁数,差不多的体型,不太年轻也不太老。年轻了没吃过抬岩挑山的苦,年纪太大又攒不够力气。但在鹭寨一千多号人的大村落,能挑能抬的仍算不少,抬滑竿能赚现钱,不干就是亏自己。

价格很快议定,整一百块,不能互相压价。价虽讲定,还不够,这地方要下一道诅咒,要有个嗓门高的人起头。当天众人推了窝火,他喝问一声,"要是谁敢压价呢"? 所有的声音同时响起,"大家一起日他娘噢"。定好价格,下一步是排顺序,有了生意谁先谁后,也要定下来。排顺序是靠抓阄,从前的按户分田、农资分配、救济款分账、兄弟分家、秧田分水……统统靠那一把阄。所谓"好汉阄上死",命运全在自己手上,大家都认为这是最公平之事。抓阄时众人还纷纷伸出左手,念叨一句"神仙怕左手"。这一句又是什么来路,无人说得清楚。

价钱定下,顺序排好,诅了咒,抓了阄,但事情并没有解决。每日,大家下到河谷,排在游客必经的路边,说实话,瞅见漂亮的女客,一帮老少爷们,眼神都狠得能吃肉。而游客并不顾及他们排下的顺序,有时候依序是牛痣的生意,他迎上前去,游客一瞅就有点不放心。牛痣瘦小,一脸的皱,游客怎么忍心让瘦老头抬着走?游客把眼光绕开牛痣,往后扫一圈,手一指,说要窝火,或者说要吊井。他们年轻,身板大,首先给游客一种安全感。这安全感牛痣真给不了,他的搭伙兵暴也好不到哪去。虽然鹭寨人知道,要说抬滑竿,窝火、吊井未必比牛痣更稳健。牛痣是个"铁骨人",个子小得分外紧凑。游客只相信自己的眼睛。

"……我们是排好顺序的,现在轮到我来抬你。"牛痣说,"你放心好了,两百斤的猪我都能抬上坡。"

游客说:"那我不坐了行不?"

很快,他们深刻地知道,顾客就是上帝,上帝点谁是谁。这一来,年纪大一点的,个头小一点的,就强烈要求大家不能都站在路边。另一些人并不顺从,说河谷就这一点点大,大家要等生意,站在哪里游客都会挑。没排上号的,难道还跳到水里躲起来?秩序无人遵守,另一些人甚至故意坏规矩,他们就喜欢让游客挑,尤其是让女客挑。女客上肩轻巧,挑着走脚下生风,一路闻到很好的气味。女客似乎更看重颜值,一无例外撇掉那些老家伙,冲着谁指指戳戳。被点中的,回回都是那几个,像是彼此串通好的。此时天气还不够热,衣服穿两层,窝火和吊井还有几个年轻的,偏要穿起无袖又紧身的衣服,把腱子肉露给游客看见,还让胸肌若隐若现。衣服上有图,窝火胸前写着勘亭流字体"以你为荣",吊井胸前画有浮世绘风格的赤发鬼脸。

其实窝火并不比牛痣小几岁，他儿子已经拐了不止一个女孩回寨，每个女孩脸上皆洋溢着刚滚床单的幸福。窝火就是显年轻。时间在每个人身上主要是脸上有不一样的驻留，或是瞬忽即逝，扔下绵密的皱褶，或是缱绻不去，把脸一遍一遍抻平。寨里人都有感叹，以前要老一块老，四五十岁都是橘皮皱脸满口烟屎发色浆灰，而现在全看保养，年纪相仿看上去却像父子。

牛痣撩不到生意，喝酒时就说有些人简直像"鸭公"。窝火对此隔空回应："鸭公就鸭公，有种谁卤了我当鸭霸王。"总之，不以为耻，似乎有些反以为荣。

局面一如从前，价格虽定下，游客过来，大家一块前去哄抢，游客挑谁是谁。牛痣搭伴兵暴，彼此都嫌弃，兵暴经常在店面里照看生意，牛痣刀口舔血地拉到一桩生意（往往在游客已无选择的时候），就扯着嗓门冲那边叫唤。兵暴把炒勺一撂，过来抬滑竿，但这会工夫游客已被别人拽走。

牛痣觉得这状况要有改变，就又想到韩先让。

"韩总，这事你要管管。"

门推开，我们都在里头。牛痣走过来把茶壶嘴凑到自己嘴上，壶肚太小，他喉结动了一下就空掉。

牛痣上回已向韩先让辞职。他决定不当保安，给个队长也不当，专干抬滑竿。保安是一千块一个月，队长多两百，而滑竿一趟一百。牛痣一天班没上,一分钱工资不拿,但要主动辞职。现在鹭寨人知道凡事要讲程序,程序也是规矩。

韩先让回道:"抬滑竿是你们自己的事,我一分钱管理费都不收,怎么好意思去管?"

"旅游生意是你的,抬滑竿越搞越乱,影响的也是我们鹭寨的形象,不是嘚?"

"你分析得周全,很有主人公意识。"

"是啊,年轻人不想事,我们老人家要周全。"牛痣打了腹稿,又说,"这事情你管起来,管好了,往后谁要是敢不认你(此时牛痣指头叩了叩韩先让的茶桌),大家一起日他娘噢。"

"不要动不动就日他……敲桌子!"韩先让回话,"我会想办法。"

牛痣一走,韩先让又问我怎么看。我说这是一个话语权的问题,你不赚钱也要去管,"鹭寨现在毕竟在你手上"。韩先让夸我总是想到一块儿,又要我出个招。我说,这还不好办?像在银行,或者车站售票口,要维持排队秩序,最好就是加装护栏,强行排成队列。我又说:"河谷里的情况我清楚,关键在于如何让游客不挑轿夫,见着滑竿直接往上坐。"韩先让脑袋一拍说:"要有一个正规化的效果,两路通道,一边走游客,一边走轿夫,碰到谁是谁,不许挑肥拣瘦。"他说着手头就比画起来,一个想法瞬间成形。其实搞起旅游以后,碰到的困难大都不难摆平,但必须由他出面。

过几天,游客从这边坡下到河谷,路面铺了平整成块的卵石,故意不夯紧,踩着咯噔响。卵石引着游客一路往前,上到一处木廊,有个导游妹子在木廊尽处操着扩音喇叭说话。

"各位游客,各位游客,请朝正前方看。"他们都很听话,顺着手指指的方向,看见前面吊马桩。木廊上面毡以杉皮顶子,顶子压低,游客身体前探,透过杉皮檐口往上看,吊马桩就势高出一截。

"大家现在看到的,就是我们黑潭峡谷景区引以为荣的景点,冲天石峰'吊马桩'。你们不免会质疑,石峰石柱到处都有,附近的张家界更是以此闻名世界,那我们的吊马桩还有什么可看的?其实在各种喀斯特地貌区,大家可能不注意,石峰石柱大都是成片拱出,单独成形,一柱擎天的景象,其实非常难得看到……正应了古人那句名言:'众士之诺诺,不如一士之谔谔。'这遗世独立的吊马桩,好比一位隐士,离群索居,扎根在我们黑潭边,融自然景观与人文品格于一身,具有独特的景观价值……"

不用说,这样的鬼话是我诌出来的。红露被要求熟练背诵时,就说拗口。老瓢及时予以开导,说你念起来不拗口,游客又如何被搞蒙?

前面一番说道之后,就要把游客弄上滑竿。既然投了本钱,一些细节要精心处理过。"细节决定成败。"韩先让说,"只要细节到位,虽然投入不多,但我们价格就可明目张胆地涨起来。"滑竿统一加装了印有他

035

们旅游公司 Logo 的绿色遮阳篷，上面喷了号码。这样一来，滑竿不再是滑竿，要说是"凉轿"。

介绍景点的妹子往下又说："无限风光在险峰，既要饱览绝岭的美景，又要免除攀爬的劳苦，才是最佳的行程方案。我们旅游公司拥有一支组建七年，素质过硬，经验老到的凉轿服务队，七年里服务数万名游客，事故率一直保持为零……"

这一段自然不是我敢编出来的，这要冒风险。韩先让自己诌了这么一段，我还问他为什么是七年，为什么不是十七年。他说七年之痒嘛，七年能让游客心头发痒。话讲至此，游客已排队等着上轿，人数比以前增加不少，有的人以为上吊马桩必须坐轿。游客总是很听话。韩先让抓细节体现在各处，比如现在有了收据，背面还印有安全条文，他自己凑了六七条，要我能不能补足十条，我说用不着每次都搞这么满。

既然有安全条文，很快，韩先让便给凉轿设计了一套安全保障：躺椅上加装安全扣，而轿夫身上也要绑安全绳，安全绳与轿体相连。"要么不翻，一翻翻三个，看他们敢不敢调皮。"韩先让还想为坐轿游客买简易人身保险，多费三五块，多一颗定心丸，多好！保险公司来了一个业务经理，河谷里一走，拒绝了免费坐轿的体验，明确地说，归口不了合适的险种。

一番手脚做下来，凉轿一趟定价 128 元。轿夫照样抽取整百之数，零头便是韩先让的管理费用。

"……凉轿068号已到位,轿夫杨宗塘(牛痣),田友诚(兵暴)为您服务。请游客007号冯女士上前就座,管理好自己随身物品。"喊号的小伙,通常是四毛,拽一根隔离带,点了名就把带子往上一拉。他个高,带子和手形成门拱,放一个游客过去。前边只有一抬凉轿,两个轿夫,统一身着马甲,背心喷了数字。这抬凉轿上了围堰上的跳岩,四毛再让下一个游客过去,中间一分多钟的间隔,也是韩先让预先设计好的,"这时候让游客等一等,他们反倒踏实"。

那天下到河谷,一眼瞥见各地来客队列排得整齐,高低错落;而在芭茅丛另一侧,那些熟识的寨里人,统一穿马甲,精神面貌立时改观。还有几个刚打理了发毛,从不刮脸的番皮也刮了脸,我好一会才将他辨认出来。他们头戴草帽,身上安全绳扎紧,脚上统一趿着麻链草鞋,这些都是韩先让下发的"劳保"。他们排成的队列没这边游客整齐,免不了说小话,抽烟,彼此拽下草帽摸摸脑袋,韩先让酝酿着要给他们搞一次军训。被四毛叫到号的,身子一挺,把凉轿抬过来放在规定的位置,其中一人还要扯出别在腰间的毛巾,用力掸去躺椅上的灰。毛巾雪白,也是劳保,两天换一次,统一机洗。

同样是这河谷,我们从前放牛,撵着牛从山脊背的路拐下来,仿佛走进世界最僻远的一角,聚一起说话,谈的都是有朝一日如何走出去,有一个地方按月领工资就好。多少年过去,也没见几个人走出去。现在河谷却成上班的地方,寨里的男人变成一个单位的同事。鹭寨搞起旅游以来,我总是冷不丁便有了感慨。

转眼,他们已将轿子抬至吊马桩的腰际,山路弯折,下面都能看清楚。他们衣着统一,晃起的挑山步却一如从前,我觉着确乎有什么事物全然改变,或者一成不变。

马王塘人又递话过来,要求加入抬轿。赚钱的事,谁也不愿错过。韩先让大气地回话:"给你们十个轿号,轿子你们自己弄,劳保我这边统一发。"递话的人说,十个号?韩先让说,十个号,要二十个人抬,你们马王塘能凑齐?寨里人心中有数,马王塘不比鹭寨,全都住坡顶,一条平路扯上省道,抬岩挑山的苦活,他们不能跟鹭寨人比。

次日他们从吊马桩下来,十四条汉子,凑成七对,十个号没用完。他们穿得更整齐,个头普遍比鹭寨人高。鹭寨人知道那是扁担没压够才蹿个头,真的抬起轿,再看真章。

当年打青露主意的马赤兵也在里头,他比青露大两岁,现在也是奔三十的人,比记忆中苍老许多。牛痣当天没上工,像是故意的。有人上去递烟,问你是不是马赤兵,他就说是。递烟的就说红露是青露的妹妹。马赤兵说,噢。劳保由红露发,马赤兵领了自己的,想和她扯几句,红露脸上摆出工作繁忙的样子。我怀疑红露依然记得当年芭茅丛那一幕,不是因为她记性好,而是这里的生活,着实没有几件事可资记取。马赤兵又排进队伍,抽自己的烟。很快来了一支游客团队,一阵煽呼,几乎全部坐轿。鹭寨人为表示友好,让马王塘人先上。轮到马赤兵,一起身就看出是个稳扎的把式。

但有一轿,还没有行到半程,挑前的轿夫就说崴了脚。下面没上工的轿夫都看得真切,有人还从兵暴的饭馆里取来望远镜往上张望——兵暴什么都卖,望远镜都说是俄罗斯军品。大家经验十足,早看出那个马王塘人腰臀都不够力气,看着他踩乱了步伐,看着他趔趄,又看着他脚底开始打滑。果然,他自己说崴脚,因为他不能说自己挑不动。这边赶紧安排人上去接替,按顺序是吊井上去。吊井还问四毛,抬轿的钱要不要跟他们分。

"你先去救个急,"四毛说,"忙完以后,看他好不好意思分钱,要分多少。"

第一天就崴脚,马王塘人折了锐气,次日上工少了四人,没几天又少几个,没半个月全都不下来。显然,在这么悬的山路上抬轿,马王塘人缺乏必要的锻炼。从这事,鹭寨人进一步断定,上吊马桩的路是我们开的,只能是我们开的,怎么可能是马王塘的人?谁开的路,谁来享福,这是天注定。

我父一个老同事念我工作无着落,帮介绍个事,去市南郊一个派出所当文职。工作内容:每月出一份小报,四开四版,用所里的先进人物和事迹将它填满。每期出报样,铅印五百份,保证市内相关的领导都能及时收阅(他们每一位莅临指导,相关消息都会按级别精确地排列在该小报的头版）。我干两个多月，出报两期，即陷入深度的无意义的焦虑之中；而派出所教导员竟有些文才，看出我使用了些笔法，明面上是夸，字里行间暗含冷嘲。我哪想到所领导竟然看得出来，一问，人家是重点大学中文系混出来，虽然模样像个军转。于是，这次工作经历得来一拍两散的良好结局。

我又去鹭寨，还当韩先让跟班。这时天气真正热了，暑期放假游客也多，多是学生情侣，粉嫩的年纪，时刻黏乎在一起，各种亲密，也正是时候。人生是一根甘蔗，他们正啃到最甜的那一截。滋味固然是好，兜里钱却不多，要搞浪漫来钻这穷山沟，住宿既要便宜的，浪漫也不能打折。于是鹭寨人又多了商机，出租帐篷，开辟帐篷营地；或者买来成堆的空汽油桶，鹭寨人叫成"油沽子"，扎成漂流伐放在平阔的河面，供学生情侣当成水床。价格便宜。基本就是地皮木板上打滚，好在年轻人身板更硬，一折腾就到下半夜。

"年轻人搞浪漫都是省钱的。"对此韩先让不得不感叹，"我年轻的时候交不到女朋友，只想挣钱，现在呐哪有心情？晚上想那事，捏起鼻子闭上眼睛，把老婆子搞一搞。"我说晚上干那事你还开灯呐？相看两不厌嘛，要不然用得着闭眼？他便笑。

白天没见着老瓢，还以为他去上班。他们说老瓢正在补觉，现在他专上晚班——去到帐篷营地，或者去到河边，凫水潜到漂流伐底下，抱定一只空油桶，听那些小男女演奏出的噼啪声和绵长的喘息。我不禁莞尔,这老瓢,真是要挤尽榨干乡村旅游带来的所有福利呵。又一想,一个四十多的老光棍,再要结婚也是力不从心。那些学生情侣,自己找快活,顺带着学雷锋做好事。

当然,老瓢也时而问我,你老不结婚,想那事情了怎么哄过去?

韩先让搞得我们都有了喝夜茶的习惯。记得他刚弄起钢架玻璃墙的办公室,吊一组巨大的灯,晚上昏暗的鹭寨便有一处流光溢彩的房间,亮如灯塔。只两年时间,仿佛受他影响,寨里许多人户都装大吊灯,而且价格比传说中便宜,只是烧起电来肉疼。对口扶贫的城市刚给鹭寨装上路灯,鹭寨也亮如不夜城。韩先让又领风气之先,关了吊灯,加装幽蓝的灯带。

老瓢忽然进来,见我在,就拢过来按一按我肩头,示意我出去说话。走得有些远,他要找一个不太光亮的地方,这让我预感到他讲的事情有那么重要,又完全猜不着哪一桩。

"……你跟我讲一句抵实的话……"老瓢于灯影处站定,我递烟,他坚持抽自己的,其实烟是一个牌子,他要摆态度,拉开距离,"红露是个好女孩,看见了就能种在眼里,对不对?而且晓得疼人,生孩子应该绝对没问题……你到底要不要她?"

一时无从说起,好像我跟红露有什么似的。

"你到底要说什么?"

轮到他语塞,接着我俩整齐地喷笑起来。我们这才发现,忽然把什么事搞得很认真的样子，显然没有必要。

"她现在有个想法，又拿不定主意。所以，她自己不好来问你，这样的难题，只好我这个瘸子来穿针引线。"

"什么想法？"

"我先问的你，你要先回答。难道你对她真的没有……企图？"他认真地看着我。此时的神情真是难得一见，我瞬间想起十多年前红露冲我说话的模样。虽然，他跟红露长相上的亲缘关系显微镜都照不出来。

"是不是有人在找她，她差不多也想放口？"我恍然明白，"又把我扯上了？"

"没有，不是这事，但也类似你如果要她，她再决定干不干。"黑暗中他踢远了带火星的烟蒂，又说，"你再想一想，那么个好妹子，胸脯啊屁股啊……"

"又来了又来了！"

曾经好多次，他就这样把话题不尴不尬地扯到侄女身上，他说得几多入神，我就听得有几多怪异。

老瓢吐一口饱满的唾液说："我好像求着你似的。这些年你一个城里人老回鹭寨，和我家红露不近不远，不是讨卵嫌么？"

他走了，我还抽一支烟，想想里面的事，要顺老瓢的思路去想。我经常来鹭寨，现在固然是当跟班，以前主要是因为鹭寨离城里不远，骑摩托说话就到；爷爷还在，孤单一人，能陪就多陪。寨里别的人混到县城,头一代不敢不回,发育出第二代,顶多过年回鹭寨,脸上满是敷衍父母的神情。有他们一衬托,我来鹭寨的动机自然有那么点可疑。毕竟,故乡是用以怀念的,离开了还老走回头路,城里人老往乡下跑,就不正常。

虽然,因我来得多,在这住得久,每次来,他们有的人会冲我说"你回来了",一旦有状况,马上当我是外人。而我又如何跟老瓢解释,以前我在城里家中,面对满架的书,我确乎产生了阅读的障碍;只有来这里守着爷爷,才能得来一种安详,才能奇迹般看完一本又一本砖头厚的书。而现在我来,是为了追随我父为我量身订造的榜样韩先让,让自己汲取能量,奋发图强,重新做人,甚至建功立业。直到目前,能量仍未汲够,必须继续,以防前功尽弃……

"扯么!"

如果这么解释,老瓢只会再吐一口浊绿的唾液。他认定我这反常之举,必有目的性,用他脑袋一掂量,红露怎么也绕不过去。

我也不能说老瓢空穴来风。这事顺记忆一捋,已然有些年头。

十几年前我还在混中学,暑期都待鹭寨。红露小我一岁,我几乎天天见着她,因为放牛。

放牛在城里人看来,几乎是穷困、悲惨的童年的同义词。在我看来,放牛并非悲惨,反倒是有些让人暗自神往。放牛不仅是放牛,还可以砍柴,摘果,聚众野餐,下河洗澡,更重要在于搞搞恋爱。"田野就是青纱帐",固然为人熟知,但芭茅丛更是逍遥床,就只有鹭寨人知道。鹭寨的孩子迷恋放牛,借放牛之名,尽早配对,尽早结婚生子。这地方土贫地瘠,唯一特产是光棍,对小孩是一种鞭策和警醒。他们开裆裤一缝上,就已锁定一个目标。鹭寨不是一姓人,有这样的便利,换是马王塘全都姓马,姓马的不能搞姓马的,小孩就不愿放牛。或者,他们把牛放到下面河谷,撩鹭寨的女孩,这时鹭寨的男孩便会同仇敌忾。缺水的地方,别说肥水,只要是水,任何一滴都不流外人田。

小孩喜欢放牛,成年人也知道里面套路,他们都是从少年时候过来,有的也是在河谷里芭茅丛滚成了夫妻,很快有了小孩,转眼小孩长大,可以跟牛屁股……一切都是默许,甚至暗中期许。家里有男孩,放心地让他们放牛;家里有女孩,某些家长本想藏起来,以后嫁进城里有好一点的生活。女孩次第抽条,一个个长起势头,一看都不是嫁进城里的胚,相貌平平,甚至丑,便只好放任自流。

"长得像人的怎么始终挑不出几个?"鹭寨人一直有这样的困惑。有一年,寨里学了点农科知识的乾良公布他的看法:"要把女孩嫁远点,要娶远方的媳妇,就像杂交稻要用不同地方的母本弄出来,优选优育,后代才会出落得有模有样。"别的人就呸他,说嫁远一点容易,是个女的总不愁嫁,媳妇娶进鹭寨哪是说话这么简单?要是不趁放牛配对,自产自销,流出去的多流进来的少,光棍越累越多,寨里日子好过?

红露只小我一岁,但身上很早就有女人的气味。同龄的女孩大都面浮菜色,她却独自疯长。其长相在鹭寨也是足够出挑,所以老瓢不怕得罪寨里人,敢放话说,"这一寨女孩,幸亏有我家红露长得有人样,看见了能种进眼里"。红露的妈,爱抽自卷大炮筒的麻伯娘,每当有人夸红露抽条得快,她便不无得意地说:"贴饭多噢,也跟菜有仇,见盘扫光。家里煮一潲锅红薯,也决留不到明早。敢不长!"

我小时候来鹭寨度过整个暑期,大都待在河谷。说是放牛,牛自个找草吃,用不着操心,所有小孩疯玩。河的弯折形成三个潭,根据水的深浅,他们叫成大盆、中盆和小盆。黑潭自然是大盆,水性好的在那玩跳台跳水。兵暴最小的弟弟跳蚤曾爬到大盆旁边最高的岩坎,大头朝下扎进那一泓深绿,入水像是被巨掌抽一耳光,此后整张脸血色不褪,翻过年头才一点点褪出黑黄肤色。我水性起得晚,一直跟红露一帮女孩泡在小盆,若干年后才去中盆扎个猛子。那时候她真看不出多漂亮,圆圆的脸上,嘴是一条线,眼是两条线,特别像现在最常用的微信表情。记忆中她还老拖鼻涕。鹭寨女孩跟男孩一样不知讲究,也只有这样,才能在这穷敝地方好好地活。要不然,一个讲究人在鹭寨过日子,出了门一脚踩了猪屎,再一脚又踩了狗屎,死的心都有。她妈都拿她当猪养。她特别能吃,有时候端起米汤一吸溜就半脸盆。麻伯娘只好骂她,竟然和狗抢吃。她家的看门狗是用米汤煮锅粑苞谷碎养活,每顿还定量,瘦巴巴,跑起来两侧狗排乱晃,叫起来却凶。

又一年夏天,我再去,下到河谷就扎进水中。凫一阵水,透过水体看见水边坐一个妹子,绿衣服。我把脑袋探出来,眼前晃几晃,定格了看清是红露,她一身也是水淋淋。"你也来啦。"她冲我说。我嗯了一声。她确乎有了很大变化,脸上,记忆中那三条线像被刀子割开,两眼睁得挺大挺圆,而嘴皮那条线往上往下翻开,成为饱满的嘴唇。她正砸碎金七娘的果实,捣取红色的汁当口红,往嘴皮上抹。她已经晓得给自己化妆。若在城里,放进我们班女同学中间,她算不得打眼,但这是鹭寨,她忽然长出城里人的模样,简直是基因突变。湿的衣服将她身体勒出女人的线条,虽只十五岁,但一年时间足以让女孩变女人。我说快认不出你了。她说怎么会,怎么就认不出来?换是现在,人这样问我,我肯定说因为你变漂亮。这简直是标准答案。但那年我十六,嘴巴皮奇怪地堵上了,我还从未当面夸过女孩长得漂亮。我故作镇定坐到她旁边,和她说说话,而她也有很多问题要问,诸如城里面指甲油到哪里买,现在的女孩流行什么发型,等等。她还要我讲讲北京,至少讲一讲长沙,是什么样子,好不好玩。别说远在天边的北京啊,长沙啊,地市我都只去过两回。她说你就当你去过,跟我讲讲。我凭着看电视得来的印象跟她讲,她眨巴着眼睛,听得认真。也许以前她也眨巴眼睛,但因眼是两条缝所以感觉不到,此时则尤其明显。

很快,我感觉到有杂乱的目光朝我这里投射,黏在皮肤,略微地痒。我有放牛的经验,所以知道,此时红露必然成为许多小伙伴暗自锁定的目标。他们都想尽早落实一个女人,在此基础上,更想这女人是漂亮的。红露给他们带来了微薄的希望。他们一定痛恨往年,甚至去年怎么就没看出来,红露会有脱胎换骨的变化。他们一定后悔,没在她变得漂亮之前,多塞她几个糍粑肉粽,打下感情基础。我理解他们的焦灼,此时不难捕捉到他们暗含怨愤的目光。鹭寨难得有个长得漂亮的女孩,像大旱之年果树上挂的独果,谁都看在眼里。我识趣地和她拉开距离。正是那一年,跳蚤从高处跳水,在水中晕死过去,抢救过来脖子以上部位一直血肿。据说当天几个女孩也在大盆游泳,本来那地方由男孩占据。几个小孩不停跳水,一头扎在离女孩不远的水面,溅起尽量大的水花,引发女孩一阵阵叱骂。女孩骂得越凶,他们爬得越高扎得越狠,后面跳蚤忽然就大头朝下了。这突发的集体人来疯,都不是冲着别的女孩。

我只偶尔隔了老远看她,各种情态,有点缺心眼,但分明不让哪个男孩靠近。她知道自己长得漂亮,所以有所珍惜,不会随便把给谁。我听说有一晚,很远的椰壳寨一个二十岁小伙来鹭寨走亲戚,晚上把红露叫出去。小伙长得挺好,红露就被叫出去,两个人看着月亮说话到半夜,但被牛痣厉声地叫回。此事也没有下文,因为椰壳寨比鹭寨还不如,不光盛产光棍,还盛产短命。我无端松一口气。

隔年夏天我再去鹭寨,是父亲对我的一种惩戒。那一年我高考,成绩不理想,上了大专线,在小县城也写在喜报上到处贴。按原计划,是可以与同学一块外出旅行。此前从未与同学一块旅行,与父母也没有,在我看来,这样的旅行好比成人礼。父亲已备足相应的款项,本来快把到我手上,但我在同学家里看毛片被同学父亲抓了现场,同时抓到有四五人。那同学的父亲是个很认真的人,他一个一个拨打电话,把每个人父亲都叫到事发现场。毛片还暂停在一帧画面上,以免空口无凭。

"……你家里怎么有这些东西呢?"父亲来时,枪口本是一致对外。同学父亲说,录像机是家里的没错,片子是他们弄来的。"谁弄来的?"同学们都很讲义气,不说出来,眼睛齐刷刷地看我。

"爷爷犯眼肿,你多陪他。"父亲说,"你们拿着钱,说是去旅游,鬼知道出去会干什么。要是警察打电话叫我接人,你说我去不去?"

那个夏天,我仍只能下河谷游泳,忽然想起一年前,潜在水中突然一眼看到红露的景象,水的折光使她身形迷离。最近,我不断想起红露仿佛一夜抽条,瞬间丰腴的身体,难道与录像里的海淫海盗有某种关联?我为自己内心的龌龊而羞愧,但这并不妨碍我在河谷寻找她的身影,甚至,正是这种带有羞耻感的期盼,更让人欲罢不能。今年她没来放牛,她家的牛找人代看。我在寨里碰到她,身后总跟着两个小孩,一个很小一个稍大点,据说都是堂弟,寄放到她家里。我说你现在带孩子啊?她说是啊。我说可以一起带到下面洗澡。她指着小一点的说,出疹子了,不能晒太阳。我说哦啊。

放牛时候,我旁敲侧击,听出来,这一年里红露果然没被寨里哪个家伙号到手。"她眼光高,起码是要嫁到县城。"伙伴们抽起烟,有了感叹,并也承认,"红露是有本钱,就算留在鹭寨,嫁给谁都不服气。"有人冲我说:"你把她搞下来吧,她不就喜欢和你凑在一起么。"我们便一同哄笑。

我待了个把月,游泳太多,指缝趾缝溃烂,想着怎么回县城,但估计父亲想好新的管制措施,回去也只能待在家里。我其实是老实孩子,害怕父亲,十七岁了仍唯命是从。因只考取大专,通知书九月以后最后一批发出,将近十月才去报到,这个夏天忽然变得无比漫长。我长时间待在河谷,时不时看着吊马桩,它像宝塔镇着这一带河流,也镇着我们一群小妖,不得翻身,永无出路。我从未像那一年,对鹭寨有一种厌倦。幸好,百无聊赖时,红露又亲自来放牛了。她照样拢过来找我说话,我也正有此意。我想自己已不同于一年前,有了许多变化,比如说录像里看过女人的身体和用法,还被父亲惩戒。我已是无耻之人,没有理由再在女孩面前无措。红露的话题还一如从前,要我假装去过一些地方,要我编旅行见闻。我就瞎编,舌头打了润滑油一样麻溜地编。不远处,小伙伴们似乎顺其自然接受这个事实,红露仿佛就应该跟我在一起,也只有我嘴里藏有红露想听的一切。

这样又过了几天,红露赶牛下河谷,先拐到我爷爷家这边,冲里面叫我。我也配合着,躺在床上用家织布粗糙的被面搓痒皮,再等她来喊一嘴,像是旧社会地主家的少爷。我暗自感谢她帮我打发这漫长夏日。

有天在中盆游一阵,我俩坐到树下,闭上眼不想睡。她找我讲旅行见闻，一时想不出新地名，她能讲出来的地名都不多。这时我问她："你家两个堂弟回去了？"

"是我撺他们走的，不想再带小孩。"

"带小孩麻烦。"

"我喜欢带小孩，但有的小孩很讨嫌。"

我问怎么了。她佘了佘嘴皮，告诉我："小的倒好，大的宣宣有点调皮。你知道吗……哎，不好怎么跟你讲。"

我马上预感到什么，神经全都绷到耳朵眼，再看她，她嘴角有无奈的浅笑。她问我愿意听不，是有点难为情的事。我想故作镇定地说"有什么不能说的"，但我只嗯一声，就像打个嗝。

"那个宣宣都快十岁了，中午要他睡觉，装睡。我一睡，他就来掀我衣服。我抹下去，他又一点一点往上掀，还掩耳盗铃，想让我不知道。我困死了，说又不知道怎么说，睡又被他搞得睡不好……"她打住，又开手指沥发梢的水。我真想催问"然后呢"，却卡在喉咙。我忽然想，我他妈的怎么就不是宣宣。

"……真是搞不明白噢，都这么大了，宣宣还想吃奶。"她瞪大眼睛看着我，"就算我给他吃，又怎么样，我哪有奶水噢。"

我静静地听，眼睛不自然地滑向她胸前，那种饱满一时惊心动魄，她确乎有一对动人的乳房，与我的目光隔着两层布的距离，一派等待开启的状态。恰是这种所在皆是又看不着，引发了期待以及焦虑，让我们生活里弥漫着荷尔蒙、力比多以及多巴胺。

她把嘴一抿，仿佛有些后悔。过一会，她说："我去找牛，马上可以回家了。"

那天回去，我避开她，走在所有人后头，我浑身充血，第三条腿像个路标，怒指前方。这样爬上山脊，回到爷爷家中，人有些虚脱，还睡不好。我羞怒在于，红露几句话就能将我点爆。我开始想她，近乎被迫。

隔天再下河谷，她没来放牛，有伙伴主动通报，红露在两岔山的一个表姐结婚，她过去吃喜酒。那边习俗，女方的喜酒一吃三天，都是男方管酒管菜。我暗骂两岔山婚俗怎么跟丧俗混一块了，都他妈的整整三天。我耳畔响起秒表跳动的节奏，最大限度体会到，什么是度日如年。为挨时间，我要来些刺激的，去到大盆边跳水，三米五米甚至更高。我一遍一遍扎进水里冷却自己，沉到水底身体一摊，往上浮起，尽量让自己状如浮尸。

好不容易挨了两天，眼看着红露就将回来，没想到父亲先来。那天他借了单位的车和司机，说是来给爷爷送家里换下的彩电，我分明感觉是专程来抓我。我表示还想再待几天，父亲很警惕地看着我，认真地告诉我："不行，回去有话跟你说。"

"这里说不行么？"

"我说了，回去有话跟你说。听不懂噢？"

回去便知，果然是叔叔打的小报告，说我天天和红露在一起。他有些担心,怕承担大哥的责骂,只好借村委会的电话,不辞劳苦地说明了情况。父亲一想到前面在同学家发生的事情,头皮立时发麻。他感觉一切都那么因果相接,环环相套,而他又有义务时时守护不肖之子,不让他往坑里跳。

"……有些事,你现在还不可能明白,你会恨我。但这件事一点都马虎不得,一辈子的打算,你还年轻,甚至年轻都算不上,不可能考虑周全……"父亲痛心疾首语重心长,偏又处处语焉不详。我只承认,在河谷和红露讲讲小话,也和别的男孩女孩讲话,仅此而已。父亲坚持说:"你自己清楚,当然我更明白!"他眼光随时要将我洞穿。

父亲单位正好要出差,去贵州六盘水,我暗自庆幸。但出发时,父亲硬把我拽上,还说可以顺道走走黄果树瀑布。此前许多年,他老是说要搭帮单位出差,带我出去看看,可惜从未成行。现在,父亲像那个被月光宝盒砸过的唐三藏,性情大变,说走就走。我随父亲以及他同事游逛数日,始终进入不了旅行的情绪,在黄果树的水雾氤氲中,脑袋里仍是宣宣的视角,午休的画面,一遍遍重播,直到播放太频画质损耗变得模糊。

我不能说父亲在救我,因为红露绝不是要害我,她十六我十七,如此而已,谁也害不了谁,但脑袋充血的事情不免让人后怕。父亲塞给我一段思考的时间,有点横塞,但如此必要。

后面我就去读了师专,一连几个暑期都懒得回家,在学校守校,加入学长开办的补习学校给小学生补课,晚上聚一起学会了喝酒,也意外地交了一个女朋友。我们是在文学社认识,许多话题可以聊,从巴尔扎克、曹雪芹到刚冒头的韩寒、痞子蔡。相恋是从酒后乱性开始,都搞不清谁哄谁上的床,后面也分开了。性格不合是过于笼统的说法,我知道必有更具体原因,于我而言,最直接的,是她基本没有乳房。她性情好,相貌也不错,我告诫自己,老在乎这个,简直就是畜生。我是文学青年呵,不是下半身动物。事实上,每次看着她并不存在的乳房,我就会想起红露简直一捏就爆的胸脯,然后在一种黯然神伤中和女友行亲密之义务。如此相处一年多,滋味寡淡,上床时衣服都得彼此自己解除,不久就分了,是一个一拍两散的良好结局。

这并不意味着我想回到鹭寨,回到红露身边。当女友离开,我也不再想起红露,想起她纯属触景生情。

大专毕业后没等到分配,往几届的毕业生还有积压。教委要求毕业新生进到各地进修学校再进修两年,进修费用自己掏。我父亲反抗这项政策,不让我去,我也乐得偷闲,但这算是自动放弃了分配。社会上混久了,没有稳定工作,人有点萎靡,父亲这才担心起来,要我以韩先让为榜样,学习他艰苦创业的精神。我这又开始频繁地往鹭寨跑,给韩先让当跟班,在这里待乎比县城轻松,且可以回避父亲怒其不争的目光。我这二十多年,几乎一直都在回避他老人家的目光。韩先让也乐得有个不必花钱的人使唤,开了旅游公司,指使别人叫我经理。我终于寻到这么个一拍两合的结果。

　　既然又来鹭寨,他们会主动跟我讲起红露。她十九岁出去打工,先在县城当服务员,尔后浙江、福建和广东都辗转,一去好几年,过年也很少回。再回到鹭寨是四年前,因为得病,皮肤溃烂,说是在福建一家鞋厂被毒胶水祸害了。病好以后人有些恍惚,一直待在家里,年纪算是不小,仍有人说亲。她看着说亲的人,脸上只有冰凉的笑。韩先让搞旅游,老瓢硬拽着红露来当导游,不出寨也赚钱,她倒是愿意。我们见面自然多起来,她会打扮,爱说话,去过的地方比我多,见面时她讲我听,和以前倒了过来。偶尔,她问我怎么还没找女友,到底想找什么样的。我说不知道啊。她也是随口一说,话头一转还是她诉说不尽的人生经历和旅途见闻。偶尔她也问我找烟抽。

　　有一天久贵问我是不是和红露"旧情复燃",我说没有。

　　"为什么呢?"

　　"不是一路人,到不了一块。"

　　我意识到,仍是要离她远点。"不是一路人",这是明面上的说法,暗地里,我不能骗自己,一个女孩,还算漂亮,出去漂泊多年又回来,会化妆会聊天还有了些烟瘾,这都让人起疑。这样的揣度,或许没有太多道理,但回避总是最轻松的选择。再说,我确实没有找女朋友的欲望,想起以前在大专碰见的初恋女友,恍如隔世。事实上我和她一九九八年分手,到现在真就横亘了一个世纪。

是夜，我躺床上难得地有失眠症状。在鹭寨失眠是一件幸事，这样可以重温夜的黢黑和静。祖宅也是大房子，据说当年算是地主，门上有镂花木框，墙上有戏文彩绘。我就躺在这百年老宅，眼前黑得像是我还没被妈生出来。爷爷前几年咳，这一年忽然不咳，他担心自己离大去不远。我听不见任何声音，正好想起往事，这样红露就被很完整地翻找出来，往事历历在目，在黑暗的深处有相应的生动画面。此时我已不知这回忆算不算美好，毕竟我们之间什么也没发生，却还记得她在水畔似若无心又似勾引的话语，还记起她胸前惊心动魄的起伏。对比自己有限的异性交往经历，触碰过的几乎都是若有若无。但我对她的回忆，仅止于此？我再次有了装模作样的羞愧。

然后我想，老瓢跟我讲的话，是他的意思，还是从红露那里听说了什么？设若红露没有开口，老瓢何必跟我讲这样的话；设若红露自己想说，又何必找这个叔叔递话？我估计红露喝酒时确实说了自己的顾虑。现在红露经常搞酒，白酒，据说量不稳，有时候把牛痣、老瓢搞得一齐溜桌，有时候三两就断片。老瓢说你这个酒量，出去千万别喝啊。老瓢一边说，一边帮侄女把酒倒了满碗。一家人每天喝一点，喝多了，红露露了什么口风，想干一桩事情时，忽然想到我，觉得这事一做会减损我对她的印象。她倒是心直口快，老瓢呢听得用心。

会是一桩什么事？

失眠之夜，我只想到她要找一个男友，心里还把我备着，这我要感谢她，但她也确实该正儿八经找一个。这我又如何开口？又想起当年椰壳寨那个小伙想跟她处朋友，本来还陌生，但因小伙长相好，一叫就把她叫了出去，月亮底下坐到下半夜。当时我分明心中一紧，事后知道他俩并无下文，又松一口气。但也仅止于此，内心有无端的松紧起伏，生活中两个人的靠近却如此不易。

答案很快揭晓，是我晚上想多了：红露打算和她爸牛痣一起抬凉轿。

兵暴店里生意火起来，河谷一溜垒土搭灶状如匪窝的饭店，看上去并无差别，但生意一做，游客们就喜欢聚集到他的店子，等他店子没座了，再做别的选择。有天他跟牛痣说，年纪大哦，抬滑竿是不行了。其实牛痣大他十岁不止。牛痣能说什么呢，只能物色另一个搭档。寨里男人早已搭好，再找并不容易。他两女一子，儿子进了城，只能从别的寨里找亲戚。

这时候，红露说："这么好的生意，不给别人做，我跟你一块挑。"

"你？"

"我比你个高，也有力气，要不拗一把腕子？"她把粗壮的手腕亮出来。

红露不爱读书，干活确是一把好手，她妈把她当猪养，吃得像猪，但干活像牛。她做活肯拼命，是为在家吃饭的时候麻伯娘少啰嗦几句。

红露又给牛痣解释,做导游,说是鹭寨的白领,又能怎样？普通话讲到舌子抽筋,每月到手顶多两千。说是把游客带到河谷那些饭店,给回扣,又能怎样？兵暴偏要说是游客自己找来的,偶尔掏回扣也就一两百。那些饭店都不做账,回扣简直凭心情打发。"我们鹭寨人普遍的素质,还够不上给回扣的要求！"她现在也明了好多道理。她进一步认为,按鹭寨目前的旅游状况,只有抬凉轿,才是真正给自己打工。抬一趟有一百,有时候一天两三趟,游客偶尔还会再掏几十块小费。

"……再说,我是个女的,难道你能说不是？去河谷抬凉轿,这么多人就我一个女的,简直是一枝独秀,要揽生意肯定比别人抢眼。"

"抬轿的话,女人肯定比不上男人,别人怕你不安全。"

"我一个人都能背游客上到吊马桩坡顶,那女游客比我还重哩。"

"我晓得。那次那个女客,平原上来的,上得了坡下不来,软脚走不动路,你从'二道拐'背她上的吊马桩,就背了百把米。"

"是的嘛,一个人背百把米的坡,气都不喘。"

"鬼知道喘不喘哩。"牛痣便笑起来。

说干就干,生意不等人。红露第一天抬凉轿,我特意下到河谷。毕竟是女人,抬轿也打扮得跟平时不同,她上穿黑色运动背心,里面胸罩也黑的。背心和胸罩像在一起发力,要把乳房勒成胸肌的模样,但勒不住跳动欲出的架势。她是想显块头,她把头发用白色手帕勒成马刷。她下面穿迷彩裤,整个打扮像是美国《狂蟒之灾》之类电影的肌肉女,打怪的时候可以缠斗八百回合，安静下来也别有一番性感。当了两年导游，在游客面前她一点都不慌。我走过去，问她真能抬？她问我有没有好烟。我掏一支给她，她说要不然我俩一起抬？我老实地摇摇头，我自己手脚并用爬上吊马桩，已经当是一种胜利。她笑起来，周围那一圈爷们也跟后笑出声，像是给她伴奏。

四毛有意让红露插队，当天抬头一轿，那些爷们不但同意，而且叫好。游客眼看着走来，四毛冲他们说，"要发货了"。他们各自就位。第一位游客倒还帮忙，不高不矮不胖不瘦，坐上轿，红露抬起轿扛起脚就走，牛痣断后。而我早就站好一个位置，判断游客的表情。他似乎有过疑虑，但红露一串细步稳稳踩过河坝上的跳岩，就像电影里武林高手走梅花桩，游客就没什么好担心的。那游客用相机杵近了拍红露裸露的宽阔的背。

我看着红露晃到山脚，变换了上山的步伐，二十分钟上到山腰，再有一刻钟就从吊马桩一倒换到另一侧。待她走至二道拐即将看见坡头，已甩后面那轿上百米远。牛痣反倒显得吃力，今天的速度比往日快，但他为女儿也是很拼，没叫红露放慢。红露怎么带，他便怎么跟。牛痣知道下面有不少人在张望。父女俩一口气将轿抬到坡顶，山路陡地平阔，她往里一走我就见不着。

这一路，她走得又快又稳，我抬头看向她消失的地方，坡顶草木葱郁，巨大的天空湛蓝且清澈，见不着太阳却有阳光灼目。我泛起眼花，一抹眼窝陡地一阵难过。

万事开头难,红露就怕扛不过第一次,后面每天跟她爸牛痣一起,把空的凉轿扛到河谷,静待来客。韩先让为让下面抬凉轿显得井然有序,给每个人印了带号的马甲,发放劳保,但没一个月每个人又恢复到以前的模样。公司化管理,在鹭寨吃不开,因为有人很快意识到,"我们抬轿,韩先让抽份子钱,何必把我们都搞得像是他的员工"?虽然有马甲有劳保,他们仍觉自己吃亏,此后上工各自穿着,马甲当了抹布。天已热,很多人成天光起膀子。对此,韩先让说:"呃,光膀子很真实,弥漫着乡土气息,只是没见几个男人肌肉壮得过红露。"红露有几身颜色不同的背心每天换,下面的迷彩裤则一成不变,腰上扎了双扣的黄牛皮带,脚上是高帮皮鞋。前面她是导游,脸上有相应的表情,现在抬轿,脸上也有相应的表情。他们递她烟抽,她一般不抽,但抬了一趟再回到河谷,是要抽的。我见她将疲劳伴着烟雾狠狠地喷出口唇还有鼻孔,脸上猛一阵烟雾缭绕。

只她一个女的,别人不免是要照顾。以前的导游姐妹也帮忙,游客从山脊下来时,她们就已介绍凉轿服务,重点要提红露,当成故事讲。讲我们寨里的美女和别处不一样,轻活不干专挑重活,本来当导游但讲普通话太吃力,每天舌头累到抽筋浑身没力;后面索性抬轿,却精神饱满,再也没觉到累。

"这是我们村唯一的女轿夫。"妹子这样介绍。游客便纠正:"不能说是女轿夫,是轿妇。"于是鹭寨人也跟着喊"轿妇",发音跟"教父"一样。故事要这么讲,自带传奇,有新闻性,游客被撩起兴致,到了河谷一看,果然有这么一个女人,还挺醒目。

拿红露当故事讲,一是那些妹子存心帮忙,二来也是韩先让既定的营销策略。"景不够,故事凑",鹭寨一带的沟峁山梁,溪流河谷,都有我们现诌的"古老传说",游客们交了钱不听觉得亏,听进耳里又从嘴里变成哈欠喷出来。现在,红露可是活生生的传奇,用不着现编,故事一讲游客们抢着要坐她那一席凉轿。她生意自然比别人都好,游客经常主动塞一份小费,通常是大红(一百)大绿(五十),偶尔会是黄色(二十)水蓝(十块)。对此,她豪迈地说:"我都拿!""为什么都拿?"有人偏要再追问一句。红露对此早有标准的答复:"不拿显得我嫌贫爱富。"

抬轿以后她喝酒比以前更狠。在她家,本是牛痣和老瓢每晚凑在一起喝几杯,麻伯娘也能喝,不是见天喝。红露打工几年回家,桌上摆酒,偶尔一喝。牛痣和老瓢都是打壶子酒,三五块一斤,喝进嘴里寡淡,有各种怪味。抬轿是重活,一天一两个回合上下吊马桩,甚至更多,晚上不来几杯挨不过去。红露是讲究人,渐有些酒瘾,一个未婚妹子开始主动买酒。去鹭寨的几家小卖部买瓶装酒,四五十块钱一瓶就封了顶,有时候进城,会买包装上档次的瓶装酒,还得来经验,浓香酒但凡上了一百块,味道都是鹭寨尝不到的。

她家在寨西头，院里一蔸苦楝树，几乎给她家平房再毡一个顶，游客走到那里不免拍照。晚上不下雨，她一家桌子往树下一摆，慢腾腾地喝，瓶子酒有定量，每晚只一瓶，喝完没尽兴，只能将就着喝壶子酒。前面几两高度酒垫底，后面嘴麻了，喝差一点也没人细究。我路过，看她一家人在树下喝酒的模样，知道迟早都要有依赖症。老瓢偶尔拉我，我也凑过去喝，有两次拎着酒去。我父时而得到一些好酒，藏在床底，几乎挤满。我随手拽两瓶，父亲也清不出细账。

我知道这不太好，拎酒上门，似乎是女婿干的事，但我喜欢那种气氛。醉里乾坤大，壶中日月长。对面还坐一美女，醒醒的目光相对，夜晚更为生动。我去红露家喝酒去得频繁，不怕鹭寨有啥说法，再说也根本没有。关心别家私事仿佛成为古老的乐趣，现在别说飞短流长，人跟人说话都少。

一喝酒，牛痣、老瓢脑袋凑一起有说有笑，麻伯娘在一旁时而骂几句娘。我在的时候，他们也要我讲一讲故事，但我故事没讲几句，牛痣、老瓢又凑一起窃窃私笑。红露摆出认真听的样子，但精力集中不到耳朵上，好几次冲我说，你以前不是很能讲么？我也总是说，现在不一样，你见的世面比我多，我讲什么你都不奇怪。有次她喃喃地说，我见的世面多，你也清楚？不待我回答，她吭唧一口。

有一天她喝得比平时都多，喝的杂牌瓶子酒，名叫"军神"，外形做成手雷状，散发一股浓烈的农药味。她不能适应，喝着喝着头一垂。一旁老瓢把她脑袋扶正,我见她忽然双目挂泪,既晶莹又愤怒地看我。我当即蒙掉,不晓得哪里做错。

"……你老讲我在外面世面见得多,见得多,你其实是想说我出去几年,肯定干了见不得人的事。"

"怎么会?"

"你就这意思!"她说,"你多读几年书,讲话偏要拐弯抹角当自己有本事,索性我来帮你捋直。"她站起往我杯里添酒,三钱的盅,酒线还对得准。牛痣老瓢一齐把她按住,说你喝多了。她双肩一抖,两人都按她不住。"我没喝多。"她往后一坐,又开五指插进头皮篦头发,人恢复了一贯的安静。

"……怎么说才好?像我们出去干几年活,再回来,别人都要怀疑。"红露便数她去过的地方,从长沙数起,接着数到绍兴,知道有鲁迅的故居还特意搭车去看,但搞不清楚鲁迅是演员还是作家,她在电影电视剧里都看到这个人,长得蛮帅,一眼看去就是可依靠。"人家一字须,好看,你是王八胡子,一看靠不住。"她跷起手指朝我一指,扑了个哧,心情显然向好。老瓢忽然往我肩上一拍,说靠得住靠不住,不看胡须。我有些尴尬,好在红露自顾往下讲,说被人怀疑也无法,这世道难让女人活得清白。又说有一次,在福建泉州,晚上吃了饭路上走着,忽然来个半老老头,冲着她左瞅右瞅。她好心地问老大爷有事吗?"叫我哥!"那人淫笑,直接说,"你没工作吧……你看我真是一眼准。这样我养你好么,一个月一万,管吃管住。"她问你养我,那我帮你干什么工作? 此时那老头近乎天真地说:"还干什么工作? 晚上只要你和我睡呀! "

"对不起,我没干过。"她说着往前走,那老头倒也没跟。

但红露越想越委屈,问了自己,我怎么能跟他说对不起呢?一想至此,她扭头往回看,那老头倒还在原先地方,像是知道她会回。于是她二话不说,过去就抽老头一巴掌。"要是我抽轻一点,也许就没事,但我一巴掌抽得他脸肿,嘴角还挂血,于是恼了哦,跟我打起来。没想这老头还有把力气,蛮能打,我俩到地上滚了几圈,他以为他搞得赢我,最后还不是我骑在他身上,擂辣子一样捶他。"

既然马路上打滚,当然被派出所弄了回去,治安拘留,还通知牛痣拿钱过去取人。那一次,韩先让安排一个叫小马的导游帮忙,和牛痣一块揣了一万两千块钱去到泉州,取人的时候却又说不要交钱。那老头主动放弃索赔。现在红露说起这事,牛痣在一旁一边予以证明,一边也承认:"那老头为人还是不错。"红露说:"他自己找打,他还清楚。"老瓢说:"谁敢打我家红露的坏主意,那是搬石头砸自己脚。"我说:"幸好我没打过坏主意。"老瓢说:"好主意可以打。"红露说:"你相信我,我就万幸。"

我心里说我是信的,从那天她抬轿,我就完全信了。我一路看着她将凉轿抬上吊马桩,那体力那气魄,是她骨头里蓄着的骨气,要是

063

在外面有不劳而获的想法,有捞偏门挣快钱的想法,这口气就续不上来……虽然都是我的猜测,但这种相信突然就根深蒂固。我也暗骂自己,凭什么怀疑一块放牛的伙伴?

"红露你想多了……"我嘴上说,"这样吧,我也不会说话,但我能写,我帮你写一篇文章发在市晚报上。你一看就知道我从来没怀疑过你,就像没怀疑过自己。"

"那你写我什么?"

"你能抬轿,抬得又快有稳。那天看你第一趟抬轿,帅得脱形,直接把我圈粉,死忠粉。"

老瓢说:"是啊,文章一写,出名了就好。你变成我们鹭寨形象代言人,不抬轿也能赚钱。韩老板都说了,你是鹭寨的脸面。"

"形象代言给我多少? 代言完了我照样抬轿,这又不冲突。"

牛痣冲我说:"你写文章是好事。女人干男人的事情,是容易出名,以前她妈当过劁猪匠,也是很出名,劁了半年就当上全乡劳模……"

"我妈劁过猪?"

"不扯闲篇了……"牛痣说,"你给红露好好写一篇,不图能上《新闻联播》,拍照时要把我也拍进去。"

"我一定写好,写成自己代表作。"我吮唧也是一口,郑重表态,"谁不好好写是狗日的。"

我们地市的日报叫《团结报》，不像别的地市只能用《××日报》。《团结报》的报头题字是毛主席。据说解放初报社成立时，主编斗胆给北京寄一封信，没想毛主席收到后接受邀请，认真地写了好几组"团结报"字样，最后把最满意的一张寄来。但这仍是一份地方性日报，以前读书每个班都有，我们从不看。现在，我的背包里有二十份两天前印出的《团结报》，带着浓郁的墨香被带到鸳寨。十份谁要谁拿，五份给韩先让，五份给红露。

我写红露那篇文章叫《万绿丛中露点红——侸城鸳寨第一位女轿夫杨红露侧记》，刊登在当期第十三版"社会·名流"专版。地方名人都要登上这个版面，从而得到册封，从而挺直腰杆当自己是地方名人。我写了六千八百字，删至四千，空余的地方都用来发照片。压题的那帧照片非常巨大，是红露的半身照，一张好脸下面，压着一对巍峨的胸，它们彼此呼应，浑然一体，不看标题会以为是新近冒出来的一个性感女星。我把我曾经用意念抚摸过千百遍的这对乳房呈现在全地区人民眼前，甫一接到样报，我觉得自己有那么点大公无私。

"……怎么只有半身？我记得你拍了我一身。"红露凝眸注视着半身照，若有所思。

我解释："版面有限，照片一共只能有这么大一块地方，要是整张都放上去，印在上面的脸就会小一半，把脚截掉，留出地方，人家才能看清楚你的脸。"

老瓢也在一旁说:"是啊,下面的腿有什么好看,你们妹子主要就是看脸。啧啧,这半张我看很好,重点的部位都体现出来。"

牛痣后一脚进来,凑过来看报,看着女儿一张大照片,打了个喷嚏。他说:"怎么没有我? 上次不是要你把我也照进来么? "

"几张照片我都发过去,有两张有你,但人家不用那两张照片。"

"为什么呢? "他把报纸哗啦啦地抖几抖。

我无奈地看看红露,她抿起嘴唇也找不到合理的解释。老瓢说:"抖也抖不出来。照片交上去,最后用哪张不用哪张,是报纸老板讲了算……"

"编辑讲了算。"

"我是编辑,也只发红露的照片,一剪刀把你铰下来。牛哥,人心里要有分寸,人家小田帮你家红露发了这么大一篇文章,配上红露的照片,你家红露马上会抢断手,还愁嫁不出去? 你不知感谢,还怪自己不登报。我觉得很少能有你这样得寸进尺的。"

红露说:"应该说是贪得无厌。"

"我哪不知道感谢? 杀个羊子,摆几桌酒! "牛痣脸一扁,大气地冲我说。

杀羊请酒,这是鹭寨有小孩考上中专大专才有的待遇,如果考上大学规格会更高,但鹭寨几十年里,就我父亲一人硬过硬考取大本,而不是靠成人高考、函授或者夜大。这片盛产光棍的土壤,如果能出一个正牌大学生,基本是靠基因突变。

便在下雨的一天杀羊,这样也不耽误抬轿的生意。我是主宾,老瓢问我要不要胸前系一朵丝绸做的绣球,还说这东西现成的,只管去拿。韩先让办公室里有这些用于庆祝仪式的东西,剪彩用的绣球装了几箱,新开发一个景点都要请领导和地方名流来剪彩。韩先让特别喜欢拉人剪彩,这些古怪的事,都像是能上瘾。智取吊马桩后,那次剪彩就是一根红绸八个绣球,惜金剪刀(实为黄铜所铸)仓促间只找出五把,两个稍大领导各自一把,六个稍小领导两两搭伴共用。

"为什么胸前扎个绣球?"

"人家把羊都杀了,表示一下感谢,你有必要领情。"

"领情那是当然,但用不着这样。"我说,"搞得跟结婚一样。"

"有没有这个意愿?红露哪点不好,你他娘的还一直挑剔人家。你城里人了不起?现在红露也是名人,是鹭寨的形象代言人。"老瓢忽然把身体拉直,在我脑门心弹一个响指儿,复又哼一句,"难道不是的啵?"

老瓢不愧为鹭寨的"没羽箭",甩石打狗百发百中,弹响指儿搞得我脑袋嗡鸣好一阵。嗡鸣过后,我头仍然发昏,再用昏聩的眼光看着雨中小院杀羊摆宴的情景,忽然能体会到现场的喜庆,甚至有些陶醉。我老以为意中人将会出现在以后某一天,我的幸福存封于现在一无所知的某个地方,这仿佛是我对将来仍有憧憬的所有理由。但这时,我给自已也弹了一响指儿,然后喝问,为什么不是现在?我提醒自己,珍惜眼前,莫负当下。红露在我心里,确乎起着质的变化,大概就是抬轿以后——抬轿这事,确乎改变了我对她的许多看法。虽然这一阵已许多次自她背后以目光追随她抬轿上吊马桩,我仍抑制不住心底同时翻腾出来的诸多滋味。如是晴天,逆着光,看光影在她身上次第地反复地变幻,吊马桩的巍然耸立仿佛是一种魔法。她每天重复着抬轿,我便想起传说中那个不断把石头推上山的人。没有别的女人像她这样做,至少在鹭寨,她已然且将继续成为"唯一"。

此时,我远远看向她,她正在树下将整盆肥白莲藕逐一片开。侧身如剪影,刀法流畅,她心无旁骛,只是嘴也一刻不闲,哪块藕片切厚或是切薄,她便一口抹掉。我目光下滑,被她注册商标般的乳峰挂住,忽然又想,如果她一不小心帮我生下四胞胎,怕也是独自喂得过来。想至此,我不禁飘飘然,不喝酒都带醉。

明鱼、虾弄、窝火、吊井等一帮"轿友"来的时候,放起鞭炮,此时的我心情已难以逆转地好起来,甚至想象这就是结婚。我在烟雾和水雾臆想的缭绕中,看着一寸寸暗下来的鹭寨,现在有了许多路灯,土房子、石房子也翻盖成水泥房,贴上白瓷砖,下雨的黄昏也不再似记忆中幽暗。寨里人都翻盖起新房子,这曾是让韩先让如丧考妣的新状况,他曾一家一家地家访,痛陈保留老屋与鹭寨旅游百年大计之间必然的关系,说着说着往往哭起来,但有了钱的人一心想住新房,而且没有钱的人也想住。韩先让想用眼泪阻止别人住新房,完全是自作多情。

牛痣家这一顿酒是白贴出去,人们不用随份子,自然喝得欢腾,大家竞相夸赞红露印在报纸上,看上去不比明星差。红露喝了酒,听到后有些不爽,她说那些明星要跟她妈比才对。于是轿友们便哄笑,然后围过去灌麻伯娘喝酒,夸她忽然变成了"星妈"。麻伯娘嗤一声说:"就我一个妈,什么旧妈新妈。"

韩先让天黑以后闪进院子,屁股后头跟了几个导游妹子和工作人员,鱼贯而入,一律工作制服。他为凑兴,叫员工表演节目。现在他的傻鸟旅游公司也搞团建,重抓企业文化,几个月过去初见成效,这帮腰粗腿硬的年轻人硬是被折腾得能歌善舞。歌舞过后,还有朗诵,他安排四毛和桐花妹粉墨登场,显然有所准备,脸颊都擦起腮红。两人各持一份《团结报》,完全打开不折叠,像是将手风琴拉满,然后你一段我一段,配合默契往下读。一开始我头皮就发麻,因为我知道四毛和桐花妹普通话的水平,三甲过级都会把两人直接逼疯……没想,四毛已经把"t""d"优雅地分开,桐花妹还学会了卷舌。大家又都喝醉,现场朗诵的效果好于前面歌舞节目,这可是鹭寨第一次。鹭寨在韩先让的带领和推动下,必然还有越来越多的"第一次"。

随着朗诵,人们想起我来。有的说:"写得真好,比情书还好嘛。"于是我被人扶起,塞到红露身畔坐下。我找她喝几杯,她也回我几杯,我看着她,她也眼睁睁看着我。我想起这么多年来,寨里有些人始终以为我俩会凑成一对。难道他们都是有先见之明？

　　喝酒的人次第走掉，她家院子渐空，苦楝树垂下的那只灯泡光圈涣散。老瓢和我喝到最后，已是自知过量又难以收手的程度。红露已在收拾碗筷。当她挨近我，我一把抓住她手，并说："你真漂亮。"她及时把我手甩开，又扑了个哧，并说"漂不漂亮关你屁事"。她扭头走回灶房，我看着她扭动的屁股有些蒙，这时老瓢欣慰地笑起来，我赶紧将笑声凑到一块。

　　后面地方媒体提到红露，都将她定名为"女轿夫"，而不是"轿妇"。她去抬轿，其中一个原因是当导游却怕讲普通话，但突然变成网红以后，她对讲普通话的看法有了彻底改变：其实是个态度问题！如果怕讲，每天累到舌头抽筋，但如果调整态度，将这当成一种享受，那么也只好乐在其中。人的态度，永远都是调得过来。鹭寨人认为是我将红露"一炮打响"，寨里人当面这么讲，我手一抹，不停解释，哪有的事？事实也不是这样。也许我在《团结报》发的文章抢了先手，而红露迟早会红，说白了是我沾她的光。上了报纸，地方电视台专门赶来找红露录了一条新闻，接着还拉她去一档综艺节目里当嘉宾，就是那种在许多电视台里都霸屏的闯关节目，女嘉宾穿着宽松的衣服，迎着当头泼下的水，穿过一重重水幕，浑身透湿，在各种器械里爬高爬低或者匍匐前进。摄影师就专往人家领口里取镜头。红露将衣服穿得紧，其实她当女轿夫每一身衣服都这么紧身。她纵有力气,下盘够稳,但身体不够轻盈,一次以跨跳的方式登上一个旋转的圆台,跳得太用力一下收不住脚,加上旋转产生的力道,她整个人横着砸进前面的水池,像是掉下来一块门板,激起的水浪将早就在池里待命的几个救生员拍向池壁。

拍完节目返回,老瓢买了瓶子酒拉我也去围桌,庆贺她"凯旋"。她说只到第二关就掉下水了,下个星期才播出来,许多人都会看见她如何落水。现场拍有照片,别人发到她手机,喝酒的时候她把照片都翻出来给我们看。落水确实不够漂亮,要是中国跳水队有谁这么入水一回,"梦之队"的招牌足够砸毁八回。

老瓢的注意力永远跟我们不在一个频道,他指着照片说:"咦,怎么穿得跟粽粑似的?"

"那要穿得怎么样?"

"一定要穿得松松垮垮,往下一趴,领口里面要露大片的白,大家才想看。要是一不小心露了点,那么别的台肯定抢着叫你再去当嘉宾。这节目好多卫视都有,我一到下午就看不赢!"老瓢竟是这种节目的忠实观众,而且看出门道。

"我就知道是这样,他们也叫我换一套衣服。"红露咂一口酒。

"你天生干这个,又漂亮,又……"

"妈的都是演给臭流氓看,怪不得闯关的嘉宾没一个男的。"

"你还当成是'玫瑰之约'了。"老瓢喷笑。他俩搞酒,老瓢甩我一眼,于是我也将酒杯凑过去呡了一下。老瓢不失时机讲一句:"你们也都不小了啊。"我们迟疑一下再把那杯酒灌得脖子直了起来,我拿目光找她,她发觉以后就将目光跳到一边。

有老瓢两边递话,改天我俩就算有了最初的约会。她还是穿一身女轿夫的短打装束,我也不必太过刻意。当天上午微雨,下午放晴,我发短信先问往哪里去?要不要搭我的摩托进城?她说现在我年纪大了,不像以前那样喜欢往城里跑。但这鹭寨实在不是谈恋爱的地方,难道在寨子里石板路上咯噔咯噔地走,第一时间就让留守于此的所有人都知道,我俩在搞约会?她说那就往下面河谷里去。

当天没有游客。凉轿队的人自小是看《地雷战》长大,深谙"不见鬼子不挂弦"的道理,有了游客再迅速出动,抢先一步扛着凉轿下到河谷待客。我跟在她后头,一前一后往河谷去,谷底只有我俩,水流的声音空空回荡。还能聊什么呢?聊小时候放牛,一晃也是十几年前的事情,我记得清晰,可以翻找出大量细节,她就故意装作忘得差不多了,时而"是嘛,是嘛"地回应。就像大多数人的初次约会,聊天都是从空洞无聊并有些做作开始,按部就班嬗变为无所不谈。难道不是?但我们分明认识了太久,这种聊天的腔调时而恶心着自己。

时间刚过午,射入河谷的阳光呈老黄色,不像记忆中放牛那些日子,阳光总是新鲜而明丽,大团大团地滚落在河谷。我们走过大盆中盆,没备衣服,所以也没打算下河游泳,只脱了鞋把脚踩进水里,略感凉意。我想起以前坐在这里,她总有许多问题问我,但这个下午,她总在走神。我觉得老扯放牛,简直有些浪费时间,我俩认识也十几年,不应该这么拘谨。我索性提到她有个堂弟,叫宣宣。她嗯了一声,说是有一个,怎么你还记得?

"那时候你告诉我,说宣宣总是搞得你中午睡不好?"

"哦,有这事?"她的脸被树间漏下的一束光晃着,忽然打个哈欠。

"我记得清楚……你一睡,宣宣就会掀你衣服……"

"无聊,你总是记起这种事情,简直跟我瓢叔一样无聊。"她看着我,表情有一丝不悦,毫不含糊,又说,"说点别的。"

"说些什么呢?"

"你说呢?你约我下来走一走,说什么还要我来动脑筋?"

稍后她起身,沿河往下,河畔总是有泥泞小路蜿蜒不绝,我自是跟在后头。吊马桩高耸,河流平缓,一切并无多大变化,不知为何,此时目之所及总有荒凉之感,像是某种遗迹。我记忆中放牛时的热闹景象,没法和此时的河谷对应。那时候我们喜欢待在河谷,也向往出门去向任何地方;现在在这里触目荒凉,其实出门也是一样,哪里都热闹不起来。她在一处树荫坐下,叫我掏一支烟给她,我俩一块抽起来。我们认识太久,今天竟然来搞约会,心里都有说不出的怪异。我没想到会是这样,搜肠刮肚找话题时,我意识到聊天是两个人的事,没有谁能独自聊嗨起来。那个下午我们不断地抽烟,抽完了我的再抽她的。

次日,我想着我们年纪已不小,也算熟人,用不着频繁接触以增进了解,所以没去找她。一想至此,竟然还松一口气。第三天,我想来想去也没找她,心里有什么东西堵着,约会仿佛是一种负担,虽然,这两天我也会好多次记起她。第四天,老瓢跑来告诉我,红露一早进城了。

"什么时候回来?"

"她没告诉你么?"

"她为什么要告诉我?"

"不是我说你……是你泡她还是我泡?"老瓢失望地看着我,"你跟她没有联系?"

再过两天,她还是没回寨子,老瓢拉我去韩先让办公室喝茶。韩先让出去忙事,办公室我俩占用。老瓢沏茶时动作的夸张表情的肃穆,倒让我有了些许快意。

"……最近给她写信的很多,都是城里人,有省城的,竟然还有东北的。他们何事知道红露?"老瓢吐着烟雾,无奈地看我一眼,我却分明看出他嘴角微微翘起,是止不住的开心。以前他乐意撮合我跟红露,但现在是这情况,他也乐意看我吃瘪。我只是低头品茶,茶只是本地老树茶,我仿佛在品老瓢沏茶的手艺。

"你们那天都下河谷了……到哪一步了?"他冲我微笑,又说,"现在往草窠窠里滚,鬼都不知道,河谷下面没有娃子放牛了哦。"

"你觉得我跟红露应该到哪一步了?"

"我的天，你还反过来问我？"他嘟囔着，"真是阎王不闹小鬼闹，皇帝不急太监急。"

等待中，我脑里竟然只有前几天去河谷约会的情形，虽说那滋味不咸不淡；相反，小时候一块放牛时那些浓烈的记忆，却因为这次不算约会的约会，忽然变得模糊。她突然出去好几天，不是没有原因，老瓢暗示她应是去见面或相亲，我看未必。以她心性，见面相亲不必如此连篇累牍，数日不归。

我哪能看不出来，只是内心还在延宕。那年夏天，我十七她十六，有些事情仿佛正要发生，却被人为阻断；一晃十四年过去，我还以为彼此可以接续些什么，就像久贵言不及义地说"旧情复燃"。相约去到河谷，河谷仿佛也在这十几年里荒败、苍老，而我俩似乎咂摸不出"旧情"，能咂摸到的，大约是一些内心的惯性。再说，这些年，我恋爱过也失恋过，她眼下也有足够多的选择，现又如何保证，我俩能把内心里的影像同时定格在对方？

红露还没回鹭寨，我要离开这里回去照顾母亲。母亲住院，是闹腾几十年的胆病突然变严重。到了家中，碰到的情况和往常一样，有医生建议将这颗坏胆一刀割掉，以后严格控油，油壶配一根滴管；便有别的医生说身体每个零件都不能缺，能保则保。母亲最疼的那几天总嚷着要动手术，"医生求你一刀切了我哇"，缓过劲以后便倾向于保守治疗，总是这样。这次母亲病愈我也懒得再去鹭寨，心里对那地方有一种疏离，宁愿宅在家中守母亲。我告诫自己，这他妈连失恋都算不上，自己心里的苦要清楚哪回事，要不然白吃的苦。"人生从来没有白吃的苦！"母亲嘴里可是最爱说类似的金句。

现在母亲没力气跟我说金句，成天看电视，我从里屋探一探头就可以看见她。她看什么戏都爱笑，包括苦情戏，笑狠了嘴角会挂一串涎水，总是用袖口擦。我随时给她换袖套。偶尔她会催婚，要我去相亲，我哦的一声，她往往自己又忘了。

红露往后还持续了好一阵，成为人们热议的人物。我好长时间没去鹭寨，去了也未必见得着她，只在别的地方得知她的近况。除了报纸和电视，网上有了博客，游客把红露的照片不断地挂在博客，而且她似乎越来越配合镜头，看上去越来越漂亮。有人说她是我们县城的芙蓉姐姐。我呸！她还受邀参加一些节目，并且地方上一些奖励也会颁发给她。有一次老瓢进城我请他吃饭，他说红露刚接到通知，成为全省"三创四争"先进人物。我问"三创四争"怎么回事？老瓢说我哪知道，这个要问红露。隔两天他还打电话，说回去问了红露，她也没搞清楚。但这个奖要去省里领，有省委的大领导颁奖，可以握手拍照。奖金不多，是个意思。"……还说要在一个大礼堂演讲，观众会有上千人。她想请你帮写写发言稿。"

我知道，在众多的来信和直抒胸臆的短信中，她基本锁定了一个目标，是隔壁广林市的一个小伙，跟她同年。小伙算是富二代，父亲开一个预制板厂，母亲开的是女子卵巢保健中心，哥哥带着一帮穿鼻戴环遍体文身的兄弟经营短期贷款，家里大多数时候不缺钱。老瓢介绍，小伙本人也须尾俱全，只是天生患有马凡氏综合征，极瘦极高，走在路上，两腿一前一后地行进，上半身一左一右地打晃，整个人随时都会四面散开。

"我都想不通红露怎么看上这么个货。"老瓢将照片发来。我打开一看，小伙帅得不讲理，活像我幼儿园时期的偶像马晓伟。

"你说呢？"老瓢还专门拨来电话问我。我说我是红露，也会挑他。要是这货再追着问我"为什么呢"，我备好了回答，"亲爱的瓢叔，爱美是人类共有的天性"。他没问。

那帅哥盯上红露是因为红露抬他上吊马桩，不坐凉轿，他只好把吊马桩当成珠穆朗玛峰。整个过程，他一直盯着红露宽阔的背。她的步幅平稳，一气不歇，给他一种震撼。人缺什么就想什么，红露能给帅哥一种透彻心扉的安全感。他要她的电话号码，她说好吧，那以后短信就扑腾着从广林奔向鹭寨，塞满她的摩托罗拉。他身体瘦弱，但这种人一般把文字码得不错，带有热乎鸡汤味，带有毫不掩饰的谄媚。当然那种文字在我看来都是花招，但对于红露来说，我的文字才叫又臭又长，除了我写她那篇。

那帅哥不久就把红露接去广林，要塞给她一种全新的生活，但红露只待了不到一个月就回来，什么情况不讲。老瓢又及时将情况通告了我，还说："那家伙子是不是……不行呀？"我便习惯性百度，相关的词条没写马凡氏综合征对性功能的影响……我忽然想我查这个干吗？

母亲状况见好，我经朋友介绍去县里刚成立的一家报社，专写旅游软文。报纸用最轻的铜版纸，印得跟广告似的。整个县城的旅游生意日益升温，黄金周开始塞车，临街的私人宅院大都改成旅馆，但鹭寨却在走下坡路。我问韩先让要不要在报纸上发文章，版面给最大优惠，他问你们报纸宣传效果怎么样，我说是聘了十来个人在汽车站和城里各处景点派发，见到游客就塞一张。他又问了版面费，后面发了半版。再打电话，他说好像没什么效果。我说不可能一针见血，要连续发文章。他说我考虑一下，没有下文。此后我也没催，本来想帮忙，被他看成拉业务。

在这家破报社干活，我对全城的旅游市场动向不免有更多了解，鹭寨旅游生意下滑，是因为别的乡村景点投资上来，正以资本淘汰低成本的景点。有三四个苗寨投入都是几千万，有一家过亿，照着迪士尼乐园的风格打造，民族服装都做了卡通化处理，门票比鹭寨贵不了多少，游客浩浩荡荡往那里奔去。鹭寨几近无成本，是转眼就淘汰的那一拨。现在，韩先让每天挂在嘴上的话是："不要急，我正在找资金。"

红露在网络纵有名气，但整个鹭寨旅游不行了，游客不会专门跑来找一个网红女轿夫抬轿。鹭寨人对于游客的急遽减少表现出安之若素的态度,他们这些年种了不少农科站推广的新作物,从椪柑血橙到山茱萸牛大力之类的药植,都是好卖一阵马上就不起价,最后挖掉换栽新品。地皮不能换,别的都可以换。因此,鹭寨人看旅游也无非如此。韩先让的公司在减人,下面的凉轿队没多少生意,许多人把轿子一放干别的活。剩下的几抬凉轿,都听红露的安排,她有名气,大家服她。其实她就维持一下秩序,客少的时候,更不能相互争抢。

大多数时候,河谷里就两三抬凉轿候着,红露是每天都去。我估计,这时候她把自己当成凉轿队的负责人,当成鹭寨的代言人。或者,她认为自己不在,这凉轿队搞不好哪天就散。她是鹭寨第一个女轿夫,当然也是最后一个。

据说,她的新男友是那次去省里开"三创四争"表彰会认识的,是一个"知名企业家",而且档次比广林小伙一家要高,从事电磁技术的研发,在高新区开了工厂。别说赚钱,政府配套的扶持资金每年都以千万计。

"……人怎么样?"老瓢跟我讲最新动向,我这么问。

"红露眼光挑得起花,人才能差?要不要把照片发来?我尽量找几张不会让你无地钻缝的。"

"照片不用发来,那个人姓什么?"

"姓徐,叫徐什么茂,你上网搜一搜,一万三千多条信息。"

徐什么茂眼巴巴地盼着红露离开鹭寨,去给他当老板娘。

"我可以请人用轿子把你抬到长沙。"他又说,"我是讲真的。三百多公里,路上走半个月也没关系,敲锣打鼓,从鹭寨一直闹到长沙。你抬过的路,受过的苦,这一趟全都找回来。"徐什么茂这么表态,我一咂摸,实在是高,既显出对红露从事职业的尊重,又有足够诚意,再说他实在不缺钱。鹭寨的爷们,以前凉轿队的一伙兄弟,一听这话自然都劝红露嫁给徐老板。送亲送到省城,这桩生意必定要照顾自家人。管吃管喝还发酬劳,一送半个月,哪里再寻得着更好的抬轿生意?他们已在讨论每公里定价多少合适,无果,但都认为"一公里收个两百块也是毛毛雨"。老瓢沾不了抬轿的好处,这时已晓得帮侄女婿说话,见人呵斥地说:"你们是鹭寨的还是梁山下来的?"

红露本人并不急,别人催她她当放屁,家里人催她,她说我越催越过劲,搞不好就懒得嫁人了。于是牛痣、麻伯娘和老瓢一同闭了嘴。一个三十岁的姑娘还敢拿着婚嫁放狠话,通常不是开玩笑。

鹭寨旅游气息奄奄,并在二○○八年遭遇"猝死"。一名浙江游客自行下到黑潭游泳,溺亡,有关部门要求韩先让停业整顿。一旦停业,没法再开张,那需要投入比日常维持费用高几倍的资金。

景点关张,游客照样赶来,一个荒废的景区在许多游客看来,"别有一番韵味",再说还省了门票。野马导游把这当成资源,将鹭寨写进广告牌,在城中拉客,说是付车费即免门票,二十里的路程五十块一人,开到鹭寨,车门一拉开将游客卸下来就走。高速公路很快铺到广林,自驾游游客增多,夏秋时节把车直接开到鹭寨的游客也是不少。这还搭帮韩先让有心眼,愿意付费给网络地图公司,鹭寨被标注为景点和露营营地。景点撤销,露营营地保留着,驴友和帐篷爱好者用手机一搜,直接找到这地方。我偶尔去,老瓢带我看河谷的夜景,路一拐整个河谷滩地呈现在眼前,有星星点点的灯火,有烧烤的烟味,有那种农民重金属的音箱爆发的声响。"……每天人都不断,但韩老板不能收钱。"老瓢看到灯火,看见一堆堆游人,就像看到掉地上却捡不起来的钱。凉轿队照样有生意,但能抬轿的人已然不多,老瓢说最多也就五抬,平时保持两三抬。这生意不稳,人多的时候没生意,生意来了人又聚不拢,像是打游击。以前的轿夫都是好劳力,不肯这么守株待兔地赚钱,大都出去打工。红露仍然坚持着,不把自己嫁出去,她说要考验一下徐老板的耐心。徐老板叫徐昕懋,我百度过的,是正儿八经的老板,写他的文章都说他是和尚胎,从未动过凡心,一心扑于事业。看其面相,仿佛也是从一而终的货。他一直被红露吊起胃口。我跟老瓢交流:"也要把握分寸,胃口可以吊,也别把胃口吊臭。"老瓢说我也这么想。

"他到底喜欢红露什么呢?"老瓢又问。在他看来,要是自己有徐老板这么多钱,可以去打那些女明星的主意,捏着这个的下巴,和那一个碰一碰销魂的眼神。我只好喷笑,在穷人看来,富人仿佛都不晓得怎么花钱,让人干着急。

因为露营，抬凉轿晚上也有生意。某些人喝到一定程度，抬眼一看月亮正被吊马桩擎在坡顶，便雇凉轿去到上面捉月亮。许多野营爱好者都喜欢观星，携带着价格不菲的望远镜和其他设备，雇轿夫把设备扛上吊马桩，仿佛在那上面可将满天星斗看得历历清晰。

早几年来鹭寨，大都是周边几个省份的游客，现在哪里的人都来，五洲四海，天南地北，一黄二黑三花四白都有。抬轿的碰到头疼的事，经常有两百多斤的人要坐轿。以前很少有，但现在忽然很多，让他们怀疑现在食品里添加了猪快长。一百五六十斤还凑合着抬，再重一点的家伙抬着上吊马桩，那不叫抬轿，简直是玩杂技。再说抬一次一百五十块钱，不会因为游客体重而增加。于是都不愿抬，就像城里出租车拒载。那些大块头往往大发雷霆，说你们这是歧视，便有扯皮吵架的。有一次，一个两百多斤的游客被拒，揪住明鱼和虾弄的衣领，一手一个想举起来。

"过磅吧。"有一天，红露这么提议。

众人一拍脑壳，纷纷叫好。磅秤本来就有，锁在村会计室好久没用，就抬到河谷，游客要想坐轿，先把自己称一称。轿夫们议定：以一百斤为基数，一百斤以内享受基本价格（120元），然后每十斤加8元。体重两百斤的游客，坐轿的费用正好就是两百。"超过两百斤，每斤10元钱。"他们对两百斤以上的家伙怀有恐惧，但又不能说不抬。

游客过磅，在他们看来简直是天经地义，谁叫长得像狗熊的人和长得像螳螂的人一律叫作人呢？起初几天坐轿的游客也还顺从，甚至觉得来劲，脱了鞋往上面称，以为是必要的体检。很快就有游客在博客里发文，讲这事是"把游客当成猪狗"。有图有真相，负责过磅的正是红露，她很认真地查看磅秤刻度，一张侧脸流露着童叟无欺的神情。因这张照片，红露再一次网红起来，网络上掀起一阵对"抬轿的女屠夫"的声讨。红露又一次去了地市的电视台做节目，就此话题作自己的陈述。在她看来过磅也没什么不好，"以前一对母子一百多斤，必须坐两抬凉轿，现在坐在一起就挺好，他们对我们的做法非常赞赏"。她抬轿没问题，去跟人讨论问题只能是话靶子。电视台就是要揪她当话靶子，但她还以为是反击各种声讨的机会。

　　那期节目我掐着点看的，红露有些兴奋，她已好久没在电视上露面了。她打扮得也很网红，头饰纱巾红唇蓝眼厚厚的粉底。她说话有些抢话筒，主持人有一次忍不住把话筒从她身前移开。她安静了一会，忽然想明白了什么。话筒再摆过去，要她总结一下观点，她说："不说了。大家看吧，抬轿的女屠夫就是这个样。"她用手指在下巴下面搭了一个"八"字。隔一天又见网友评价：杀猪的女轿夫其实挺有气质，难道不是么？

　　徐老板对她痴心不改，等了两年样子，她感到放心，把自己嫁去长沙。一个人悄悄地去。后面自然断了联系，鸶寨嫁到远地方的女人，都像是自此消失。有两年我也去长沙混工作，在一家行将就木的文字杂志社,专事为那些付了版面费的作者改文章,经常将一篇小说改成一篇散文,或者保留一首诗的标题其他全改。老瓢跟我联系时,问我过得怎么样,我说还好吧,就是没什么朋友,晚上也找不到人喝酒。老瓢便建议:"去找红露啊,她也在长沙。"我哦了一声,当然不去。老瓢心目中的长沙,只不过是大一点的鹭寨。他说想过来看看,总是没空。

再见到红露,是前年清明节的事情。那年县城通了高速路,而且从吊马桩顶上架桥,斜拉索桥离地两百多米。我开车带着父母去,趁高速路监控视频立足未稳,在桥面上停下来,往下面张望,那种高与陡,让人有一种悬浮的快感。

一辆沃尔沃停下来,走出一男一女和一个七八岁的小男孩。她先叫了我一声。我认出是红露。

"我知道你,徐老板。你是大老板。"

"不敢当。你是?"

红露就介绍我,说我是一位作家。他马上明白,说感谢你为我家红露写那篇文章,"写得很好,我一个字一个字地看,简直活灵活现"。

我谦虚地说:"写了半辈子,也就这么一篇代表作。"

其实也没什么话说,我们又一同往下面看,整座吊马桩竟可以用来俯视。红露跟她先生说:"以前我每天都要抬游客,爬上这座吊马桩。"

"是嘛,你这么厉害!"徐老板盯着山体嗖一口凉气,又怜爱地看向妻子,伸手捏捏她的脸。她把略胖的脸凑向前,蹭她先生细滑的手,那种亲密毫无掩饰地坦露出来。他们的小孩站一旁,一直在玩手游,周边的群山和山谷,对他来说仿佛才是虚拟。

而我在一旁,心想,你们是在"三创四争"颁奖会上认识,彼此都就自身的经历做了长篇的演讲,再说你还看过我写红露的文章,一个字一个字……怎么还搞得像是今天才知道,她曾经每天抬人上吊马桩呢?

两次别离

　　徐昌发癌病再次复发那会，儿子启梁正应对下岗，两件事撞一块，一家三口未免乱了手脚。

　　启梁看上去是斯文孩子，读书用不上劲，初中毕业去了没门坎的技校，两年下来，车钳铣铆焊大概知道怎么回事，上手都能弄两下，去找工作才发现到处是门坎。找来找去，外面跑了几个月，才发现回县城顶父亲徐昌发的班才是最好选择。母亲王彩秀还说，也不算耽误时间，不出去跑跑，你哪知道家门口的好？

　　当时徐昌发刚过五十，身体按说不差，毕竟有以前当过海军的底子，只是腹股沟斜疝气味越来越重，工友躲闪他。为了启梁顶班，他找相熟的医生,递两条自己抽不起的好烟,开证明办理提前退休,这样启梁后一脚就进到机械厂,当上仓管员。那是一九九八年的事,全国刚发大水灾,救灾如火如荼,电视里面每天都可歌可泣。启梁去守仓库,有一台电视做伴,清闲得让他怀疑是不是真的在上班。

次年徐昌发享受病退人员全面体检待遇,一查查出前列腺癌。检出后他倒比大多数人镇定,只是得来感叹:人其实没有病,病都是单位让你享受的福利待遇。启梁觉着这是父亲为办病退挨了诅咒,转眼就应验。一通治疗,据说五年生存率接近90%,接后几年徐昌发确实存活在这概率里。

转眼就到二〇〇三年,机械厂领导们开始酝酿第一批下岗名单。领导们头疼不已的是,前面几年厂子衰败是明摆的事实,职工满腹埋怨,都说要走;现在真要下岗,他们又誓与本厂共存亡。启梁响应领导号召,主动递交下岗申请,这样买断工龄以外多赚一笔奖金。徐昌发是从同事嘴里听到这事,病情突然恶化。当然,也可能是徐昌发身上的癌病掐着指算满五年,再次发作。他和大多数职工一样,以为下岗就是分流傻子留下聪明人分赃,若他知道晚几个月后买断工龄的钱都掏不出来,会不会为儿子果断的决定而流露一丝欣慰?

许多事情不可假设,事实上,徐昌发癌病复发与启梁主动下岗在时间点上发生重合。将徐昌发送去市肿瘤医院,二次化疗下来,他一个蛮开朗的人,精神也有崩溃迹象,时不时摆出一脸"给我一个痛快"的神情。启梁和母亲王彩秀商量着要不要把人送去省城,这时舅舅王同乐表态,说他见得多了,人都经不起几番折腾。五年前徐昌发查出病症,就只剩半条命,现在二次化疗,顶多只有四分之一的魂魄傍身。他还满含诚意地提醒:"姐,人财两空的事情我也撞上好多回,帮这种人办事都是优惠价能让则让,亏我不少进项。"王彩秀不吭声,王同乐再一次友情提醒:"姐夫这种状况,早一点回县城才妥当。要是在省城、市里咽了气,尸体可不给送回,直接拉去火化,到手就一把灰。"

说到这王同乐眼珠一凸,王彩秀脸皮一皱,仿佛一把灰就在眼皮底下。母子俩不知如何是好,王同乐的意见就很重要。以往王同乐就经常给他家拿主意,眼下,对于死人这事,他可谓专业人士,说话就更有分量。

王同乐绰号"卷王",偌城有名的"把总"。"把总"可能是偌城独有的叫法,换到别的地方叫法很多,有叫"总管",叫"主事",还有的地方叫"大了"。但这一行总归有些陌生,说白了,就是死人以后办丧,殓师、法师、丧歌班、响器班、后勤班、炊事班、金刚、杂工都要陆续入场,必须有一个人统管,将诸多事情井井有条地分配下去,这样的人便是把总。其实,"把总"在偌城人嘴里原本是个动词,话说到要谁来统揽全局,拿大主意,方言便是"请某某把总"。不知哪时这词固定在了丧事行当,成为名词,代指一项职业。当然,这职业冷僻了些,全县找下来,把总两个巴掌数不上来。毕竟,一天出几丧的情况非常少见,一次丧礼一个把总,这行当撑死就这么点就业容量。

至于他这绰号——那年月还没有内卷的说法,被别人叫成"卷王",首先在于他姓王,其次头发自来卷,同时说话也稍有卷巴。说来也怪,虽然卷巴,王同乐却极擅长跟人打交道,算是小县城一张好嘴。启梁暗自分析过的,舅舅的一点小卷巴恰好放大了他能说会道的特性,让别人在一种反差当中留下尤为深刻的印象:卷巴里面,王同乐简直就是最能说的那一个。

卷王靠这张嘴讨饭谋生,启梁印象里,舅舅把总的身份也在带入自己的日常生活,隔三岔五到家中来,为父母出策谋事,为他一家"把总",一桌吃饭他从来都坐对门靠墙的正位,再把话一说别人只能是听,摆明就是这一家的主心骨。

徐昌发虽当过兵,婚后被王彩秀驯得日渐没了脾气。当年徐昌发转业分配到地方,开始恋爱,那时恋爱都叫搞对象。按说徐昌发一个退伍兵,婚姻市场应属于捡到篮里就是菜那种,搞到有工作的女人殊为不易,偏还挑剔。别人给他介绍几个低眉顺眼的,他都不动心。介绍人都有责任心,还要问一句他为什么哩,徐昌发总是说,呃,不够劲。直到遇见政府食堂里的王彩秀,针尖对麦芒,够劲了。两人认识不久就开始吵,倒也不想分开,便一起将吵架变成恋爱的主要形式。不光吵,起初徐昌发还有暴力倾向,脾气一上头,一看王彩秀就是个人形靶,随手一耳光,弧度丝滑,王彩秀隔三岔五地带彩。但王彩秀从不晓得害怕,眉毛一拧,牙一咬,脸一扬,像连环画封面的刘胡兰。徐昌发动手以后,王彩秀不害怕,就轮到他自己心里发毛,不光憷她一脸狠劲,也怕她搬来救兵。那时,卷王走上街,半条街的人都会跟他打招呼,街溜子小青皮抢着叫他,有的叫"卷大",有的叫"卷王",有的骨灰粉直接叫"卷爷"。卷王轻轻地把头一点,便是回应。所以卷王自己认为,说话并非天生带卷,而是跟人打招呼太多,舌头肌肉越来越厚导致。只要王彩秀打招呼,卷王不会坐视不管,一定会跟徐昌发探讨人生,要是想来一些肢体的接触,卷王简直不要亲自动手,许多小弟会抢着表忠心,替他铲事,卷王指头一戳,小弟就会像一群鬣狗冲过去,一旦形成合围,狮子老虎的肛门也要掏一掏。

徐昌发知道双拳难敌四手,一通乱拳下来,自己躺到医院都不知道跟谁要医药费。王彩秀知道徐昌发的顾虑,嘴角一撇,说弄你还用上我哥? 果然,王彩秀从来都自己接招,有时候徐昌发下手把不到轻重,王彩秀一时爬不起来,不声不响躺两天,回过神气依然不憷,跟徐昌发接着较劲。时间一长,两人发现彼此算是一对冤家夫妻,怎么打也打不散,上面打了下面打,一次意外还把小孩弄出来,两人一边拌嘴一边跑去登记结婚。婚后,徐昌发开始变得服帖,事事由王彩秀做主。没想王彩秀不怕打,但日常处事经常没有主见,窝里再横,外面老是吃亏。此后,稍有困难的抉择,她就把卷王叫到家里。这时候徐昌发尤其懂得了逆来顺受,老婆不叫他讲话,他就把自己晾到一边,不操心。

转眼启梁出生、长大,七八岁,对这个舅舅形成初步印象:他是专门来家里吃肉的。那时家里状况,大概是一周开一荤,基本定在周六。舅舅定时赶来,拎一瓶散装酒,手不空,算不上吃白食。饭菜上桌,王彩秀不再是头疼的事要找哥哥打商量,家里琐屑小事,单位里同事龃龉,她都叨咕不尽。卷王自顾喝酒,满口吃肉,嘴角流油,任这妹妹搜肠刮肚说得一点不剩,才把骨头一吐,酒盅一搁,慢悠悠把她刚才一堆碎话归纳成几个点,仿佛是她秘书,转眼再变成领导,嘱咐她最当紧要考虑的是……接下再到……卷王一开口,王彩秀就只顾点头,而徐昌发闷声喝酒,佯装不听,偶尔条件反射似的点头。启梁再大一点,进一步发现,父母对这舅舅已经有依赖,周六晚上那一顿说道,简直就是他们家把平淡日子一直延续下去的核心动力。

这情况一直持续到九几年,启梁成了半大小伙,桌上天天有肉,而卷王的知名度在小城之中继续飙升,应酬已然忙不过来,晚上出台似的赶好几桌。周六的夜晚,他没有任何理由把这宝贵时间只留给姐姐这一家。

启梁仍记得,又一周六,菜上桌后,母亲顺手摆四副碗筷,经父亲提醒,收走一副。徐昌发很少打趣,这时嘴皮一抽,说留着也行呐,顺手加个酒杯。王彩秀便呸的一声。

现在,启梁让往事在头脑急遽地过一遍,再斜着眼瞥去:父亲仍躺病房里，一脸枯槁，盯着天花板像是盯着高邈的天空；舅舅拽着母亲去到走廊尽头，舅舅一只手罩在母亲的左边耳朵，把嘴凑上去，一会又放下。讲悄悄话，也是卷王的一大招牌动作，他可以任何时候跟任何人转眼间显出过从甚密的样子。

他俩又往这边走。母亲脸上有释然表情，而舅舅随时都是一切尽在把控的模样。走到启梁估摸的距离，便叫一声舅舅。卷王把目光搁到外甥身上，启梁平静地盯他数秒，再问："在你看来，我爸徐昌发是不是已经死掉了？"

此时脸上的平静，完全是强自绷着的，启梁以前从不敢想象，敢跟舅舅这么说话。没想突然说出来，又能怎样呢，启梁竟发现有一丢丢暗戳戳的爽。

卷王大是意外，与此同时他脸上还挤出笑容予以掩饰缓和气氛。稍后他反问："这话怎么说？"

"在你看来，我爸到底死了没有？"

"呃，哪能呢？"

"那就好……"启梁缓一口气说，"人死了是你说了算。但现在他没死，我作为儿子，要把他往更好的医院里送，没有必要征求你的意见，对不对？"

卷王哪看不出来，这话启梁事先备好，脑袋里不知彩排了几遍。略一迟疑，王彩秀已经抢先叱骂一声："你是在跟谁说话？"

"……我爸还没死。"启梁把母亲和舅舅同时罩在眼里,拿捏着一字一顿,"我相信我爸会活下去。"

启梁脸上暗自发狠,青筋却暴不出来,只是隐隐现出线条。卷王哪看不出来,这外甥突然长大,而且有脾气了。以前,一直拿他当小孩看待,说话吃饭喝酒都没感觉他坐在一旁。

既然启梁说了要让父亲活下去,卷王没法再提人必有一死。绝对正确的话,说出口也就成了废话。半大小子发飙,卷王知道一定避其锋芒,这时手往姐姐肩头一搭,掖着她往房间里走。到床前,卷王俯下身,一张嘴凑向徐昌发耳际。徐昌发持续半昏迷状态,卷王连叫几声:"昌发,昌发……"

徐昌发半透明的眼皮强自撑开,露出浑浊的眼球。

卷王又说:"有些状况,看来是要跟你本人通气,你把最真实的想法摆出来……"

这时启梁正往前走,王彩秀有如打篮球卡位一般贴过来,嘴一张,话语音地也是一字一顿清晰确凿地往外飘:"让你舅把话讲完,行不行?"王彩秀年轻时候经常在食堂维持秩序,卡人可是一把好手,嘴里还叨咕,"娘亲舅大,没跟你讲过?"

启梁一时不好动弹。稍后舅舅过来冲王彩秀使个眼神,余光回撇,撇在启梁脸上,显然跟徐昌发商量有了结果。

所以,母亲当即宣布:"你爸也同意了回去……只有你一个不同意,这是三比一。"

启梁哪肯认账,手指朝舅舅一戳,说:"既然他要算一票,那我们是不是多拉几个人投一投?"

卷王一笑,说:"我这一票不作数,那也二比一。"

"我要不认这几比几呢?"启梁继续冷笑。

用不着卷王亲自作答,徐昌发在后面暴咳,并艰难地吐出字音:"启梁,你是不是要我现在就死?"

那一次,启梁只能承受少数服从多数的事实,跟着一辆依维柯把父亲拉回侼城。车上,担架架在中间,卷王和启梁各坐一侧。这时候,车内逼仄,徐昌发喘气浊重,卷王嘴不会停下,仿佛要用话语将空间抻开一点。他跟启梁说:"人都是要走,是吧(说到这他脑袋一勾睃一眼徐昌发),我看得太多,有经验,是不是?你呢还年轻,往往会主动逃避一些事实,但真到那时候,任何人都要统统承受,而且无一例外也都能够承受……"

启梁靠窗,斜眼向外,这个钟点,视野里的一切沉沉入暮。夕阳跌坠,给一些云彩模糊地镀上金边。此外,他什么也不想说。

卷王手一探,长长的胳膊穿越担架搭上启梁左肩,启梁条件反射地将上半身拧动,要把那只手甩开。卷王头一低,叫了声:"昌发,就说你这个崽脾气犟得很咧。"徐昌发便用黏液迸裂的声音回应:"你尽管修理他。"

既然徐昌发自己选择回县城,到了地方也不急回家,在县医院象征性待几天,挂好病历,此后再回家躺着,有状况联系医生上门,平时护工送药,多是吊瓶,用塑料箱装好,一箱一箱码到床尾。一瓶吊尽要更换,在场每个熟人都能够熟络地操作,而下面导管导出的尿液满袋了,只能是王彩秀和启梁更换。启梁在父亲身边一坐就是一天,发呆,看着瓶中水位起落,想象着一条小河正从父亲身体离潺潺流过。这场景,说是在治疗,启梁再瞟一眼父亲的神情,分明又是等死。他的癌病复发两回,虽然都救了过来,但每一次救回,再次面对,感觉分明不是之前那人。

　　照这么看,卷王前面预计的大体都是准确的。也正因如此,那段时日,卷王的到来似乎都挟裹着一股不祥的气息。启梁觉察到,舅舅来得越频繁,越是在催父亲早点上路。所以,当那次卷王又拉着王彩秀挪远了几步说悄悄话,启梁暗自贴近,正好顺着风向,带来一些声响。稍后,启梁用咳嗽声打断他俩的讲话,静待四道目光一齐堆聚到自己脸上,便说:"人还没死,丧事不急着办。"

　　卷王心里明了,有一就有二,这个外甥平时不声不响,现在已经盯上自己,时刻开干。

　　"……呃这个你不懂,发丧的事样样要往前赶。要不然,临事往往招呼不过来。"卷王把高大的躯干挺直,手指逐枚屈起,说,"寿材要不要提前,寿衣是不是要备好,千年屋要不要打基?也有人是等爹妈入土再打基砌拱，但我们活的人是先起屋再住进去，还是住下来再起屋？那就是好日子不过，当上难民了。"

这些话，卷王已经说得十二分娴熟，眼都不眨，上唇不碰下齿，一股脑地喷出来。歇一歇，看看外甥反应，又接着来："甚至，就连抬棺也有规矩，找谁要事先确定。一般来说我们家政有联系好的师傅，但有时候墓地在城郊村寨，本寨人会抢活，价码要抬一抬……都是要事先商定的，桩桩件件，哪一件弄不好都是麻烦。离开的人，上山归土，要好多人保驾护航……最后这一程，哪能不送好？"

王彩秀把话接上，说："你爸已经是这个样子，我们早有准备，是让他宽心，心一宽，反倒活得久一点……难道不是么？"

启梁两道目光拨开母亲，直奔舅舅而去，又问："看样子，我家这笔生意你是吃定了？"

卷王既是把总，每天跟各种人打交道，处理各种麻烦事情是他看家本事。外甥撕破脸，他尽量跟没事似的，微笑，稍后反问："你说说什么叫吃定了？"

启梁这时候收不住，再次调高音量："我爸就算是死了，偢城也不是你一个把总，我找别人行不行？"

"……我知道你的意思了，呃，这问题提得好。"卷王模仿着外交部发言人的语气，语速放到最慢，屁股往后一撅，就有一张椅子。坐下以后，整理一下气息又说，"启梁，我也不跟你拐弯抹角，你爸的事就是我的事。我不会赚你家一分钱,就像我不会赚自己的钱,那没有任何意义……这事一定办得妥当。"

"我是他儿子,这事情看样子是由我来决定。"

"未必……"卷王忍不住提起嗓门说,"这件事,除了我你还真找不到别人。"

"这话说得跟黑帮老大一样,帮人办办丧事,就能一手遮天了?"

"不是黑不黑白不白,我好歹干了这么多年。其他的家政,都知道你爸是我什么人,你去找他们,他们不会答应……说白了,也不敢答应。"

"好的,你是把总,我不请你父亲就上不了山?"启梁还拿捏不稳撕破脸的表情,脸皮绷久了竟是有点累。

"启梁,今天你冲我发火,我能理解,但你在佴城找不到另一个把总办这事,这是事实,是基本的事实。要不然,这就是直接打我一张老脸。你要理解,任何一个行当,无论高低贵贱,每个人都有自己的身份和位置;外人并不知道,同行都是一清二楚……"

王彩秀在一旁吼叫起来:"启梁,你这是跟你舅舅说话吗?"

启梁脸一歪:"妈你是不是又要说,娘亲舅大……好大哟。"

卷王伸手一按姐姐的肩头,说:"启梁这话憋了很久,今天说出来也好。你也不要老当他是孩子,二十多岁的人,是有自己的主张,你不听也不行。"

"……好大哟！"王彩秀嘟囔，往后却又无话。她跟弟弟在一起时，话仿佛都在弟弟嘴里。

卷王又说："这事你们商量，我管多了也招人嫌。"说罢转身往外面走，步子撇得带一股憋屈。

而王彩秀只能冲着卷王的背影接着嘟囔："招谁嫌呢，你还怕一个小孩？"她一扭头看向儿子，又说，"我不管了，你翅膀硬，你爸的事看来你一个人就能弄，对不对？"

实话讲，卷王不光关心死人，更懂得照顾活人。再说，他干这行，关心死人就是要从关心活人开始，并不矛盾。

启梁下岗不久，王彩秀就跟他提："你舅舅发话，他那里业务越来越多，随时缺人，你可以随时过去，见天就上班。"当时启梁一愣，随即问："跟他当把总？"

王彩秀说："这可急不了。行行道道都要经验积累，安排事情才能妥当，没有十来年经历，当不了把总。"

"那是要我跟他学当殓师，捡骨分肉？"

"捡骨分肉你敢学？"王彩秀说着眼一斜乜，嘴角挂笑。她很少在儿子面前露出这样的表情，实在是启梁说话让她意外。

"捡骨分肉"，那是卷王当殓师时候的"成名作"。殓师无非是帮死者整理遗容，竟然搞出"成名作"，绝非易事。

卷王十七岁进到县电厂当技术工,爬杆架线,看似力气活,被人叫成"电老虎",在县里面算是顶好的职业。那时年轻人不晓得拼命赚钱,也没机会,混单位也就几十块工资,换现在的眼光看全都是穷人,打牌都打不起劲。同时,也因为年轻,荷尔蒙等种种生物化学成分在体内不停爆浆,没有多少释放的途径,只好逞勇斗狠。卷王那么大个头,在同事看来不打架简直浪费材料,一致把他拥立为大哥。别人一嘴一个大哥,卷王倒真架不住,后面就帮小弟强出头,打伤了人劳教两年。出来以后算是失足青年,电厂再也回不去,别的工作又难找,做生意哪来的本钱,后来跟城北一个老汉一块做殓师。或者说,失足青年找工作,丧葬行是大选项,他们是为死人服务,死人最有容人的雅量。

殓师是暗处的职业,不干活的时候,别人问到都不会讲。卷王入行不久,一不小心搞出了名气,殓师的身份再也藏不住。

话又说回一九八三年,他当殓师才两年,有一天县公安局派活:秀城坡沟底有两人等着收殓。显然,这活带有案情,本该是法医的工作,据说本县法医就两人,都去驰援怀江市一起重大垮塌事故,所以只好把活派给殓师。县里数得着的殓师五六人,得知这消息,纷纷猜测现场肯定地狱一般难以收拾,法医才撂了挑子。他们不接单,有钱不赚,公安也不能抓人。卷王听说这事,趁年轻胆大且尚有好奇心,脑袋一抽,说要不我去?公安哪有别的选项,来两个人带着他一同往秀城坡沟底走。卷王平时喜欢看《水浒传》,当天往沟底走的那一路,他总觉得身边这两人像是董超、薛霸。

那是四月,沟底树木森然,光线暗淡,阴生植物绿到发蓝。走深一点就有血腥扑面。卷王第一次面对这种情况,场面未见气息先来,不是一般瘆人。但他暗自鼓劲:卷王你以前敢打伤别人,也坐过牢,现在有什么资格像小姑娘一样分泌出害怕的感觉哩?他由此发现,失足青年去做殓师,原本是有暗通款曲的地方。

再往前,带路的公安说到地方了,一看哪见着尸体?

去的路上,公安当然把情况讲出来。一对男女正搞对象,男的姓肖女的姓季,女的爱好文学,男的要当作家(据说是知道女的爱好文学,所以他要去当作家),这样两人自然也恋上了。男的本来是在打叶复烤厂上班,条件不错,为当作家竟假戏真做,辞职在家成天伏案爬格子,往外面一把一把寄稿还要父母添邮费,投稿全都泥牛入海,退稿信和改稿意见都如同传说。这样一两年过后,男的就成为县里头茶余饭后的谈资,许多人断定这家伙神经出了问题。女方家长于是撺掇两人分手,话也说出来,男的不干,说当作家都要拼许多年,一部书写成了名扬天下,你操什么心哩?女人倒也相信,不信的话恋不了好几年。但女方家长干涉得厉害,还找男方家长谈判,少不了侮辱谩骂。那时候人都还有几分火性,讲究穷得有骨气,男方家长也要未来的作家了断这段恋爱,别拖累别人;真到功成名就,封官晋爵娶妻生子不迟。男的呢,倒是孝子,一开始想讲讲自己的态度,见父母态度日渐坚决,便不吱声,父母还以为他顺从。只是当年男女的恋爱大都一根筋,恋上一阵,满心满意都是非谁不可,心里再装不下另一个,逼急了不怕去死。两人藕断丝连,仍在来往,这过程中"非你不可""至死不渝"之类的话反复说起,客观上起到自我暗示并不断强化的作用,直到彼此入魔般地信仰了爱情,终于决定一块去死。某天一早,两人邀好往那道沟里钻……同样是殉情,搞法各不一样,电影演出来通常凄美,比如男女找来无色无味的毒药,拌在酒里,喝醉后深情相拥,渐至软瘫如土萎地,死了嘴角都还往上一扬,留给这世界一抹经久不息的笑容。而这一对男女,或许买不到可口的毒药,供销社里的甲胺磷敌敌畏实难下咽,终究横下心,把动静闹到最大。男的找朋友搞来一包炸药,去到沟底,两人将炸药抱紧像是簇拥着一个婴儿,再把导火索一点,之后一声巨响,漫天血光。

所以才有了卷王"捡骨分肉"的典故。之所以成为典故,实在是卷王不断跟人讲这一回经历。有什么办法,那一阵县城里的人谁不想近距离听到这一桩惨烈事件,专门备了酒把卷王请去,卷王只好投其所好,把自己变成一个说书人。他发现靠一张嘴皮也能换酒喝,然后深刻地发现,动手实在不如动嘴皮。

"……去的时候警察跟我说,男的瘦高,体重一百二十多,女的娇小,人送绰号小不点,也得有八十斤吧,按说两人加起来两百不止。这不光是体重,还是我当天的任务。举着炸弹,董存瑞以粉身碎骨换来了永垂不朽,何况两人抱着炸弹,只能更粉身更碎骨,难道不是么?那个

101

场面,哎呀,真没法说,现在又吃着饭哩……反正那以后一个星期我见肉就吐。"每一回说到这,卷王戛然止住,像说书先生走起了程式,目光再往桌上碗碟一瞟,拣出最大坨的肉,空中停滞数秒往嘴里一送……听他讲故事的人立时得来生理反应,各不一样,卷王看在眼里,都正中下怀。卷王接着往下讲,同来的董超薛霸,只当监工,活是他一个人干,花近两个小时,将周围一带身体组织相关的物件(许多哪还看得出来是肉)都整理到一起,小部分看出属于谁,划拉两堆,眼估差不多重量。剩下混淆的部分,就按男女各自体重,三比二分成两堆,打好包,公安同志带走,他的活算是完结。赚了多少? 二十块钱,当年这能抵半月工资。听的人摆出羡慕状,卷王追问一句给你赚好么?听的赶紧把头一摇,把酒杯举起,说还是卷王厉害。

酒再多喝两杯,情节往下还有发展。关于这对男女,县城的人都知道是殉情,因为女人的日记被公安查过的,有相关记录。但卷王在现场,搜集到的虽然都是块状,但碎裂的形状、大小明显有区别,一看一摸,知道爆炸当时一人离得近,一人稍远几步……卷王说:"还能是什么? 这男的真心要死,女的可能犹豫,可能是被胁迫,导火索点燃,女人定然想要挣脱,终于跑出去几步,仍然没躲开。"话说出来,卷王又觉不妥似的,往下嘱咐一帮酒友,"这事就到这里说说啊,要不然女方家里人知道,还不去报杀人案? 他家一报案,我不就卷进去了么……千万不能说! "下一次,卷王依然会醉,这事依然要详细地讲,这是独家消息,最后这一发现仿佛才是故事高潮部分。一帮酒友又都是漏勺，很快这事情全城人都知道。只是，那女方家里一直没见着动静，可能正应了常言所说的"灯下黑"。

没有白干的脏活苦活，卷王不但赚钱还能独家发布消息。那时候所有人竖着耳朵等故事，一个小县城又很难有大事发生，殉情事件得到充分发酵，卷王也意外发现，自己竟然有了名气。名气这东西，无形无体，摸不着但看得见，首先是自己业务明显增多，去到死者家里干活，亲属们会在身背指指戳戳并窃窃私语："呃，就是他，捡骨分肉的那个。"

往后几年，县城丧葬行业暗自地分化组合，从业者开始抱团，互相竞争，便也自然形成一个个话事人，即是把总。卷王成为把总，完全是人心所向，就像当初电厂青工拥立他当大哥，冲着他一副大身板，现在是冲着他的名气。一晃就到九十年代，卷王听说别地方丧葬队伍注册成了家政公司，马上闻风而动，去工商局办手续，"乐润"成为小城第一家家政公司，接着别的团队跟进，这又算开了小城丧葬业风气之先。此后卷王一再地开风气之先，不是别人没想到，只是他们干事不声不响，卷王把同样的事情干下来，就成了整个行业的新闻事件，尽人皆知。说白了，想开风气，首先要有人气。

启梁也知道，舅舅早已是本地说话最有分量的把总。卷王搞起公司，许多员工仍跟他师徒相称，每年给他庆生时候各种夸词，有的就说师傅是"把总中的把总"——这几乎是万能的夸法,别的行当也说"大师中的大师""作家中的作家",诸如此类,表义简单粗暴,却又轻易让人听出一股气势。

启梁误以为跟着舅舅就是当殓师,王彩秀有必要澄清,说:"你舅舅几十号人的公司,样样事情都等着人做,你可以挑一件能做的。学徒三个月,过后跟别人一样关饷。"

"关饷"是个老旧说法,启梁听得满耳生尘,说:"舅舅那一套我干不了,自己会去找事。"

王彩秀不依不饶,揪着他袖子,切换语重心长的口气:"启梁啊,有些事若是好,说也说不坏……我是你妈,不至于贬低你。你想自己找事,我先下个判断。你一个闷葫芦,没有跟人争抢的本事,现在又下岗,以后不论入哪一行,要没有一个抵实(可靠)的人帮你把舵,你自己很难生根立足……"

"妈,你说得没错……"启梁佘一佘嘴皮,说,"我这年纪确实不见棺材不落泪。"

王彩秀说:"我把话先说到这里。"

启梁买断工龄,到手四万七,加上主动申请的奖励差不多五万,当时还算是一笔钱。钱到手他一划拉,两万成了父亲医药费,另有三万就拿去投资,简单清晰,两头兼顾。

那几年,社会面还是一派生机勃勃的模样,每个人身边都有好几位亲友竞相创业,手里攥着"一般人我都不说的"项目,拉人往里面投钱,预期回报能讲得别人满眼金光闪闪。启梁知道手里这点钱攥不住,项目其实都并不了解,只有认人投钱。等朋友小戈拉他投,还没怎么介绍,启梁交代,手头就三万,够不够?小戈换一副泰山不让土壤河海不择细流的表情。启梁要他给个账号。小戈说:"不急不急,那地方你跟我去看一眼。"

项目是在佴城西北的高山苔地圈了上千亩,用来种植金银花,并说这地方土质稀有,看似贫瘠,却又富硒,以后种出金银花,品质必将改写行业天花板。当时"非典"刚过去不久,小戈颇有远见地说:"现在人们有了钱搞各种邪怪,天上地下样样敢吃,这样的疫情,说不定隔不久就吃出来一回。吃出来的病,最终是要吃回去,吃什么?西药伤肝伤肾,只有中药才是终极选择。中药本身没问题,种植技术尤其重要,找到好土,古法追肥,纯天然无污染就是高端技术。你想想,现在囤黄金囤美元的人,到时候会囤药,最好的药材才是有钱人身份的象征。你想想,我们把药材种好,哪有不发财的道理?"小戈讲得再好,启梁心态倒也收稳,钱横竖就三万,不可能把留给父亲治病的钱挪用。之后,他便等着小戈以最保守的估计分红,那也比单位上班好很多。小戈的账号没发来,启梁还取现金交给他,小戈大笔一挥写了收条,说回头再拿收条换合同。于是,这笔投资便成为启梁心底一份依托,得以安心在家照顾父亲。虽然断了工资,但在启梁心里头已有一份资产,眼一闭,看见

105

满山遍野金光闪闪银光灿灿的花朵。

那一阵卷王见天来看病榻上的徐昌发，当然主要出于亲情和病情，但启梁偏就看出催促父亲快死的意思。卷王知道，启梁已然长大，一旦形成某种看法不会轻易改变，这是跟自己杠上了。虽然长一辈，他知道要避年轻人的锋芒，不再往姐姐家里跑。

王彩秀电话打过来讨主意，姐弟俩一阵一阵聊，王彩秀脸上的皱纹才又一点一点舒展。启梁老远看出来，母亲跟舅舅电话是有一种专属的表情和状态，便也明白，舅舅不来，母亲六神无主的样子无处可藏。

翻过年头，徐昌发情况持续恶化。母子俩同时明白，这一回挨不过去的。

某天午后卷王再次出现，启梁老远看见舅舅，脑袋里顿时腾起四个字：卷土重来。

卷王进门避开外甥，启梁配合，彼此从容交错闪避。卷王直奔床上躺着的人，一看此时情形，霎时动容，眼皮一阵抽搐，嘴角窸窣有声，然后又咬紧。启梁隔着窗户看去，舅舅那意思，仿佛这是自己好一段时间没来造成的恶果。心头暗忖：上一辈人之间的情分，自己其实不懂。他们苦日子一块熬过来，互为支撑，彼此确乎生成微妙的依赖，并且享受这种依赖，只是这情感没法传递给下一辈。许多情感也像那些有形有体的东西,说消失就消失了,造成最大的结果,或许就叫代沟。

见卷王到来,徐昌发用力把两眼睁大,两人耳语好一阵,看着像是抱成了一团。

卷王这回来,便是打破某种魔咒,此后每天都来,要跟徐昌发耳语,或者长久凝视他不知是醒是睡的模样。卷王再跟王彩秀商量事,表情有了急迫,说现在贴近年关,天气预报以后一个月会是几十年一遇的寒潮,死人肯定多,县里几家家政统统会忙不过来……所以,我必须盯紧一点,随时安排上。

王彩秀一如既往,弟弟一开口,她就只管点头。启梁再也不在母亲和舅舅面前吱声,父亲这件大事,自己只是个跑腿打下手的角色。自然而然地,卷王已经着手将徐昌发的丧事操办起来,趁徐昌发一息尚存,可以跟他打打商量,看自己的安排到底合不合他心意。当然,对于卷王的安排,徐昌发也总是点头。他已然习惯。

现在办丧事的都叫家政公司,这些公司将业务范围打印装框,悬挂在以前全是性病广告的角落,只一个电话,就有人上门承接业务。启梁记下那些家政的名字和电话号码,除了"乐润",那是舅舅的公司。当然,最终启梁没有打任何一个电话,所以他也始终不能确定,那些公司一听是徐昌发的丧事,会不会真的退避三舍,像舅舅前面描述的那样。

徐昌发旧年底新年初时候离去,和卷王预计的一样,但徐昌发发病再到复发,卷王已经预计了好几次。最后那几天徐昌发当然一直昏迷,偶尔睁眼,看看床畔的人,眼球前面已经罩起一层白翳,哪看得清楚,随口乱叫。有时候叫家里人名字,有时候会叫久不联系的一些亲友,有时候说出完全陌生的名字。有一晚,徐昌发又在嘟囔,王彩秀和启梁凑近了听,他是在念叨孙悟空、如来佛。王彩秀回过神又给卷王打电话。卷王应是掐指一算,呃的一声,说就这三天吧。结果,凌晨时候徐昌发就断气。娘俩都在床畔迷糊着,徐昌发走得无声无息,具体哪一刻没确定,前后估了一刻钟的范围。要是卷王掐准一点,最后一口气能被娘俩接住。王彩秀整了整死去男人的面容,扭头说:"你舅这一口兜大了,出去不要给人说。"启梁也嘟囔:"我有病啊,跟人说这个。"

　　丧礼多是三天,以前也有五天、七天,因为路远迢迢,要给孝子贤孙留足赶回的时间。现在有了飞机,真心要回,当天能到;再说每个人越来越忙,闲工夫越来越少,丧礼一久指定冷清,便是对死者的怠慢。现在一概停三天两夜,如是晚上十二点走,也算一天;次日大葬夜,第三日一早出殡,掐头去尾就一天多。

　　徐昌发凌晨一两点离去,卷王来了以后便说:"人人都会死,但昌发真是会死,挑凌晨时候,三天两夜给我留足。"

　　卷王来的时候,已经打了几通电话,亲戚朋友,办事人员,该来的都来,从起水开始走丧葬程序。这是他们再熟悉不过的事情,稍后灵棚也在离家不远的一块空坪搭起来。管控鞭炮的通知早两年就下了,小县城照样放,除非有人报警,才要管一管,好在本地人没受到生命威胁断然不会想到拨打110。

卷王用了心要将这丧事弄好,头一天看不出差别,无非是督促手底下人把工夫做到位。次日就到大葬夜,必须搞搞气氛,天再一亮,就要把亡者送上山,这可是他在人间最后的热闹。先前天气预报不准,都到年底,这气温不算冷。卷王叫人多备火盆,还抱怨,若是天再冷一点,火盆一烧总有人来围,把话一聊瓜子一嗑,屁股就粘上了板凳。这不热不冷的,火盆留不住客。

按当时通行搞法,大葬夜多是请草台班子,搭起高音喇叭,流行歌曲搭跳舞。这时妹子表情还要配合,跳个舞附送演技,着实不易。既要热闹,少不了几段小品,简直是春晚造就的晚会通行模式,但小品把人搞笑并非易事。草台班的人往往学习东北二人转,男女搭配讲荤段子,台上掐掐摸摸。这样一搞,热闹是热闹,搞出来只能是尬笑,笑的时候背后泛起鸡皮疙瘩……就那几年,丧礼变成一种莫名其妙的聚会,死亡镀上一层俗艳气息。这情景以前没有,晚几年也看不见,徐昌发走的时候这种晚会正好大行其道。

八点钟,追悼会开始,徐昌发以前的领导,也就是机械厂厂长老朱来致悼词,肯定是把一份模板悼词换一换人名,顶多再修改几处字句。反正,只有在悼词里面,人们得以同呼吸共命运。追悼以后,默哀毕,晚会便有些迫不及待,蓬蓬勃勃搞起来。

卷王并不去请草台班,他的乐润家政几十号人,响器班现成的,铜管乐队建制不齐,又到另外的家政公司借人,舞台上散成扇形前后两排,有了队列,陡然壮观。公司常备一男一女两个司仪,这一晚卷王打发他俩唱歌。也有伴舞,是公司里筛查一遍挑拣出来的,几个还有身材的妇女,舞姿僵硬不碍事,衣服上的亮片足够亮眼。家政的人表演节目只能是串场,主要节目卷王去县剧团请。请的套餐,首先当然是有唱歌。专业就是专业,剧团歌手一开腔,便将那两个司仪甩开距离,只是伴舞没有另请,仍是那几个亮片大妈。除了唱歌,另有几段阳戏、傩堂戏和辰河高腔,重头是小品。其中一段小品名为《一床棉絮》,讲一对农村父子进城,找不到厕所,想要随地小便,不幸被城管盯紧,一路跟随,等着罚款。这对父子急中生智,互为掩护,把两泡尿完美地撒到城管媳妇晾晒的一床棉絮里。故事简单,主要靠巧合推进。丧礼现场演小品,高雅了定然格格不入,草台班又让人浑身芒刺。《一床棉絮》在这场合冒出来,虽被批过低俗,一对比草台班,倒算得有点雅。这段小品,现场不少人以前在剧场看过,并无多少印象;此时再看,竟是满目鲜活。

　　刚才领导念悼词时候,卷王分明着一身中山装;晚会搞起以后,他又换上宝蓝色西装,面料像塑料,直接反光,加之缀满亮片,整个人基本变成一束光……却是有效果。他上台来报节目,人往台子中间一杵,不急吭声,台下顿时安静,场子瞬间攫住。启梁此时也定睛看去,舅舅那蓝西装垫了坎肩,向两边撑开,身板原本高大,此时又横着拉宽一

110

截,有如鲜艳的甲胄。肩一宽,脖子细下来;脖子细下来,脑袋就大。启梁这时当然看出来,先前舅舅遣那两个司仪唱歌是有预谋,他自己备好当司仪。此时卷王脸颊粉上白底再洇开两团晕红颜色,是叫腮红,看着不乏滑稽、古板,但长期以来,小县城的人都是用那两团腮红区分演员和观众,划定了台上台下。

启梁不知道舅舅会把自己搞成这副模样,若非看见,真是难以想象。本以为这是舅舅常态,稍后他去灵棚后侧取线香黄纸,转过墙角,家政炊事班的人也已忙开,有两人正好在谈论卷王此时装扮。他俩一个涮生铁大锅,另一个将刚宰杀的猪的前腿肉裁成细丝。一个说,王总穿成这样,老周(邹?)你是见过?另一个说,我也是头一次见,我的个怪,真有点亮瞎狗眼。一个说,你的意思是好看呢,还是不好看?另一个说,丧堂上的事,哪有好不好看,热闹就是好。稍后又补一句,赶紧多看几眼,下次不知几时才见得着哟。两个人一齐吃吃地笑,手上活也不停。再晚一些,生起柴火用剁椒和咸菜爆炒肉丝,做成浇头码在鲜米粉上,款待守夜的宾朋。有的人去的地方多,吃过天南海北各种米粉,最上瘾却是参加葬礼的夜晚守这一碗粉。

卷王是专业的把总,殡师的本职停掉了,司仪更不会当,但今晚不同往日,他这一番古怪扮相,反倒最直白地呈现自己的用心。卷王当司仪,又要区别于报幕员,临场发挥说几句,再说下一个节目是谁,由哪家来表演,趁着那人走上台,他还有一番介绍,或者是县长的亲戚,或者跟县委书记没有任何关系。一开始台下众人不知道该不该笑，要不要笑，终于有一人放屁似的笑出来，顿时堤坝开闸，大家也都跟着尽情泻笑声。

又一个小品，《痴汉坐公交》，两男一女共同举起一根直杆，模仿在公交上面晃来晃去，形体姿态是有一定技巧要求，一看又比草台班高出一截。小品结束，有人将一张椅子搁到舞台中央，转身走掉，椅子空空荡荡，舞台更显空旷。此时大喇叭无端泛起尖啸，管调音的高师傅蹿到台后，好一阵调试，尖啸一除，人的喧嚣也收拢。众人再往台上一看，何老七拎着一把二胡走向那张椅子。何老七个矮叠加了五短，今晚偏生换一身浅蓝长袍，走路便有些拖脚，台下又一阵笑开，简直比刚才小品更有效果。许多人认得何老七，他是在菊珍家政做事，响器班里待过，吹拉弹都能来几下，无一精通，最擅长滥竽充数，哪来的胆子上台搞独奏？再看他脸色，又不像是喝多。乐润家政的人知道，这一晚卷王发狠似的搞热闹，要比大多数丧礼更热闹，除了自己公司和县剧团，一帮老兄弟都叫来帮衬，好比是打架时挎刀相助，人多力量大；或者，好比是电影字幕里的"友情客串"。何老七跟卷王从小玩到大，若不因为罗菊珍是他亲嫂子，指定投奔卷王麾下一起干。以他俩的关系，既然搞热闹，他第一个要来。

何老七拉出一串声响，有点锯人。卷王趁这声音返场，自带关注度。他还拖一根立杆，话筒支在上面，一路刮擦台板。刚才，话筒都是拿

112

在手里,凑到嘴边吹一吹再说话。前面一阵卷王是在搞热闹,现场已然活跃,此时他轻咳一声,台下也立时安静。这架势一弄,显然不是为了报节目,那又为的什么? 众人看不出来何老七和卷王能够搭出怎样的节目。

卷王压沉了嗓音,一时普通话调得标准,当然也不带卷巴:"现在快十点钟,过了这一晚,天一放亮,徐昌发,我的姐夫,就会到山上去住。昨天一早赶到他家,他已经走掉,来不及告别。我忽然想起来,和他认识二十多年,酒喝了不少,一直没肯叫他姐夫,都是叫他名字,昌发昌发。我这是为什么呢,以熟相欺,或者以为占了他便宜。昌发脾气好,从来无所谓怎么叫怎么应……你看我还是叫他昌发。他病了以后,我憋了劲想认真叫一声姐夫,却卡在喉咙里头出不来,最终也没把握好机会……"卷王一身古怪扮相,话音却是肃然,面色已有苦楚,一切看上去如此格格不入。众目睽睽之下,偌大一个人,高高扬起一张脸,平时看着还算圆润,此时脸皮的褶皱明白无误,毫不掩饰地进入自己的情绪,又算怎么回事? 卷王声音一停,何老七慢两拍才把二胡拉响,是一段苦曲,显然事先专门演练,板眼俱在。台下众人仍回不过神:此时这么开腔,不算悼词也类似。但是,刚才领导明明已经念过悼词,卷王报的默哀毕,没听说过悼词可以换人接着来——这不等于批评领导念得不好? 若不是悼词,又能是什么?

卷王和何老七配合默契,琴声一断,嗓门又起:"这么一个人,活了五十几岁，走的时候我们怀念他。一篇悼词念下来当然很好，话都是对，但是，这些话里找得出他模样么？说真的，我没有听出来。我只是想，这一夜我们明明是在祭奠这个人，没有别的公干，没有别的要务，那我们可不可以围绕他，多说些什么？大家知道，过了今晚我们还能聚起这么多人专门说起他吗？"

卷王台上发问，台下没有回答。此时，卷王显然想要激发并带动起某种情绪，可惜大多数人根本没有学会呼应。启梁听见有人嘀咕："聚起这么多人专门说起他，欸，应该算追思吧？"也有人轻声地应："对的，追思会，每个人都能讲几句那种。"

追悼会和追思会能不能搞到一起开？以前没见过，没见过就不行么？很多人都有这疑问，所以不知道要不要呼应，也不知如何呼应。一呼应，声响一出，极可能落单，兀自显眼；不呼应，台上两个人的冷清便是对所有人的胁迫，换来整场的尴尬。

卷王并不要人回答，自顾追忆往事。看出来，他对说话是有自信，因为他是靠拉业务吃饭，舌头上讨生计，前后几十年，出口就能成章，大场面一次一次把控住。他顺题发挥，回忆为何从不叫徐昌发姐夫。话又说到当年徐昌发跟王彩秀搞对象，他听人说徐昌发"偶尔也会把我姐碰一碰，他以为轻手轻脚，开开玩笑，换到我姐身上就有记号"。卷王不好插手去管，甚至不好提这事，见面时候便直呼其名，当是一种威慑。再到两人结婚，卷王也习惯只叫名字，改不过来。这些不痛不痒的往事,自己记清晰,台下众人平时看抗日神剧都直泛哈欠,又如何接收得住卷王独有的感受?卷王此前肯定存了心,想把丧事现场整得跟脱口秀一样精彩,一俟开口,预想的效果根本没有。不过他风浪见多,皮糙肉厚,迎着尴尬和冷场接着往下讲,声音不高不低,平仄尽量拉齐。偶尔,卷王眼光一挑,嘴角微翘,面色还阳,睨向台下。台下已然松散,多是围着火盆闲聊,用自己的声音密密匝匝盖住卷王的聒噪。卷王定力却超乎想象,好几次,启梁分明听出话音、语意双双划出落弧,耳朵便条件反射地竖起,等舅舅收尾,还想要不要鼓掌……卷王舌头一拧,又将另一件往事拽出来。与此同时,启梁身旁定然有人闷哼,和启梁发乎内心的闷哼撞一块,形成古怪的回响。不管卷王本人怎么来劲,这一夜,他的话音只能是无边无际的枯燥,以致启梁有了怀疑:舅舅正坚定地将乏味进行到底,这会不会带给他一种单枪匹马却敢与世界为敌的快感?这种怀疑还在枯燥声响中持续滚大,到后来,启梁甚至感觉舅舅并不是要引起他人注意,而是要让在场所有人忽略他,眼睁睁地将他忘掉——仿佛今晚上死的是他。

"……关于昌发,这个闷驴子,虽然我讲他几天几夜没问题,但我不能把今夜宝贵的时间占用太多。接下来各位亲人好友,谁想说一说昌发,不能再犹豫,自己上来说一说……"卷王好不容易讲完,却又发出邀请,便像课堂上老师点名,一时全场鸦寂,高音喇叭也配合着没有产生丝毫泛音。启梁心说,本来有人想来两句,气氛被你搞得这样凝

115

滞,谁还好意思上台?

正嘀咕,偏就有人站起往台上走,启梁定睛一看,不偏不倚,正是自己的妈。启梁只能一语双关地闷哼一声"妈呀"。

王彩秀上台之后发蒙的表情盖住丈夫离世的痛苦,一张嘴想飙塑料普通话,卷王赶紧提醒她切换方言。看这情形,不像事先有过彩排。母子同心,王彩秀发蒙时启梁便开始承受莫名的煎熬,只想母亲快点讲完。还好王彩秀嘴皮一动,下面便有呼应。王彩秀目光怔忡一会,从失忆中缓过来似的,再一开口说到恋爱不久就挨徐昌发一顿打,本来想算了,还是弟弟提醒,搞对象就像驯马,一开始就能骑的只能是劣马,好马要亲自驯服。王彩秀一听似乎有道理,又听不出道理在哪,牙一咬,带着报仇雪恨的心思跟徐昌发接着搞……说到这,台下掌声顿起,并且,鼓掌有如啦啦队一般整齐。

启梁大是诧异,怀疑刚才舅舅竟用长时间的沉闷将整个场子捂暖了,此时不管谁在台上讲,下面的人都不敢不配合。大家经历前面的沉闷,都已明白一个道理:不配合别人,就是尴尬了自己。

王彩秀毕竟处在悲痛中,台下虽有人喝彩,她强忍着悲痛说了有七八分钟,硬生生将话音一收,在另一阵瓢泼似的掌声中离去,完美诠释了何为全身而退。

全场气氛暗自饱满,不待卷王催促,机械厂几个工友直接往台上蹿去,卷王只能拦在台口,给他们排定次序。机械厂两百多号人少不了几张能说会道的嘴,摆哪里都能盘活全场。徐昌发在他们嘴里变得多姿多彩,每个人讲法都不一样,但是启梁一听又只能是父亲本人。一个看似再简单的人,活上几十年,随遭遇不断自我调整,也必然复杂多面,只有在这样的场合,被他们瞎子摸象似的讲起来,多面性才如此立体可感,拼合起来才更成为一个全乎的人。

启梁听得认真,也始终隐约地紧张,因为认定自己应该上去讲一讲。自己的父亲,别人都讲,自己哪有一旁闲听的道理?眼睛往台上一挑,老觉得舅舅目光正盯向自己;再一看又不是,那几个工友一个比一个会讲,卷王当是给自己捧场,神情已然满足,这时候把启梁拎上台,他还未必放心。启梁想想父亲,此番远去再不回来,别的人都讲得那么活灵活现,自己真不开口,岂不是不孝?

启梁就这么翻江倒海地坐着,终于,屁股一抬,正要上台。卷王却又开腔:"讲好话的,讲怪话的,昌发今天都不责怪了,我们每个人自以为说的是他,合起来才真正是他。"卷王一抹眼角,鱼尾纹反光,陡然生动。又看看表,说:"晚上十点半,大家聚拢来绕一绕。"

绕棺也是丧礼上的重头戏,隔一会就由孝子牵引,亲人自动梳理亲疏远近,排成队列,绕着亡者顺时针一匝一匝转。启梁便走在队伍前面,刚才怕说话紧张,这时没了说话机会一时不免失落。徐昌发遗容经过处理,嘴里还塞了东西将面颊撑开,看着比平时胖。启梁看看父亲,发现自己其实没什么可说,一边悲痛,一边暗自松口气。

绕棺直到十一点,咸菜肉丝浇头的米粉吃开,既是宵夜,又是送客。大多数亲友肚皮把米粉一裹,就告辞回家,他们中的大多数稍微睡一会,凌晨还要赶来。到了凌晨,现场只有十余位至亲、好友。丧歌班四个人,每小时唱一堂,持续一刻钟左右。凌晨按时启棺,绕城一圈,鞭炮不间缀响了一个半小时,队伍行经的街区烟雾缭绕,路人驻足观望,沿途睡不着的也往街边挤。所有人都像是被抓了壮丁前来送葬。

……也就在那年,往后再过两月,城管局专门增添人手,禁放鞭炮竟得到有力执行,此后再也找不出这全城夹道欢送的场面。这使得启梁对父亲那场丧事记忆一直历历清晰,而用卷王的话说,徐昌发死在了热闹的尾巴上。当然,这是后话了。

墓地买在城北藤梁坡,到地方,启梁一看墓坑挖得有一人深,要十来个人一块垂绳,才能将棺材缓缓放下。以往启梁参加过亲戚的葬礼,见过的墓坑都是浅浅地挖一下,有的仅半公尺,棺木几乎平放上去,再往上垒土。

徐昌发的丧礼有卷王操持,也算得上俚城的行业高标。启梁当时无感,后面入了丧葬行,才知道舅舅为父亲的葬礼操心非常多,而且大都在外行人看不见的地方。虽然明显增加了内容,事后一结算丧葬费用并没有显著增加。不用说,卷王往里头添了钱,本人坚持不认,只说以自己在这一行的地位,别人都是半卖半送,象征性收取。为了自家亲人的热闹,他不惜薅整个行业的羊毛。

丧事办完,卷王叫王彩秀再次转述:他的公司,启梁随时可来。薪金待遇,除了在公司领一份,私底下还有。反正,舅甥之间的账目来往,外人干涉不着。卷王还跟王彩秀说:"你也知道,我那女儿被她妈带去湖北,几乎都断了来往。我会把启梁当自己孩子……其实一直也这么想,但他对我似乎有看法。"

王彩秀不免感动,回头跟启梁讲起这事,启梁仍说自己去外面找事。王彩秀说:"你的妹妹,王思婷,去了湖北再也回不来,懂不懂?"启梁想了想,思婷的样貌已然模糊,又说:"她回不回来跟我有什么关系?"王彩秀眼睛一鼓,又说:"你舅就一个女儿,他这一摊子其实没人接手……"启梁哪又听不明白,只是弄出敷衍的声音,懒得跟母亲讨论。讨论一多,母亲就会误以为他已动心,就会继续劝说。他不明说,缓一缓神,手机上找来几个帖子发给母亲,都是反映日本的百年老字号纷纷遭到子孙嫌弃,长辈当成财富传下去,他们看着全是累赘。这些家有老字号的年轻人,宁愿去救助流浪的动物,或者去东京都拉人力车,或者直接躺平了思考人生,也拒绝继承家族企业……他的意思,金字招牌都招年轻人嫌弃,何况一家搞丧葬的公司。

王彩秀把帖子认真一看,竟已学会双击截屏,转发过来:"札幌市一个叫沼川的小伙,放弃年入过亿的家族企业,独自隐匿于偏僻的夕张市,当一名入殓师。"启梁一想,这么回复:"这人肯定是有恋尸癖,但是,你俩基因强大,组合正常,让我避免了患有各种古怪嗜好的可能。"

王彩秀迟疑了一会,回一句:"讲人话!"

启梁在不死不活的单位里待几年,下岗时候怀揣一种天宽地阔的心情。自己已有一笔投资,再找一份职业,两条腿走路,总觉得往后日子会越来越好。至少,那时候他根本不会想着跟在舅舅身后混日子,成天跟死人打交道。

事实上,徐昌发去世那年启梁才发现,投资的金银花种错了地方。虽然品质不错,但囿于地形和气候,产量过低,低到品质完全忽略不计。头一年小戈咬牙掏了两千给启梁,次一年说是绝产,再往后小戈开始躲避启梁打来的每一个电话。启梁这才想起,先前老听人说,是好朋友就一定不要合伙做生意,这些说法都是无数血淋淋的事实堆砌出来,他原本用不着再试一次。

徐昌发去世以后,启梁确实到处找事,先后在酒吧里弹吉他,地方报社里搞编辑,还去街边发小广告卖三产房,但每样工作坚持不了半年。出了单位才知道,拖欠工资的现象泛滥成灾,许多老板故意用实习压榨工时,新入职的工作不扛过最初的几个月根本见不着钱,只能贴钱干活,很难挨到真正赚钱那一天。

时间开始呈现加速度,启梁转眼三十,身上没有任何积蓄。女友换了两个,但他不能确定能否算是恋爱。不是恋爱又是什么呢?年轻且又潦倒时候,只要看清形势,不太挑剔,总能找到与这境遇匹配甚至吻合的异性抱团取暖,也仅此而已。过年回家,母亲唠叨,年复一年,还是一堆现话。

这个除夕,母子去外公家里团聚,返回时走路,地上有雪,启梁必须挽着母亲胳膊,这样一来王彩秀就感觉自己讲话儿子听得更真切一些。便又提到卷王,前不久他又发话:"启梁还没找到合适工作,为什么不往我这里来?打狗名声丑,赚钱人不知……我们这可是正经生意,干了就会知道,其实受人尊重。"

以前每次过年王彩秀一提这事,启梁都插话进来,另找话题。而这一次,他没有吭声。王彩秀眼底一亮。

王彩秀很久没有弄这么一桌硬菜,把卷王叫到家中,陪他喝酒的当然换成启梁。卷王说:"昌发能喝,启梁也差不了。"来之前,卷王知道这个外甥愿意来自己公司做事,知道这几年他在社会面吃够了苦头,有点儿走投无路的意思。心里说倒是好事,还想到见面时候不能面露讥诮。而启梁,知道前一阵的东奔西跑一场空也不算是白费,要不然哪能安心去舅舅的家政公司干活?兜底有个去处,飘荡过后才会有感悟。他不免想起舅舅以前多次说起当上殓师的过程,说完了通常有一句总结:只有死人最能包容,管你是谁都不嫌弃。现在一想,还真是这样。

酒喝下儿口,启开话题,卷王问启梁这次想清楚了?启梁脑袋坚定地一点。又问,想把自个往哪里放。启梁说,你看着办。

卷王不可能让启梁直接学自己做把总,虽然,启梁终究是要做把总,卷王也会给他一段曲折一些的过程。他问启梁有什么特长,启梁头一摇。又问有什么兴趣爱好,王彩秀就插话,说打牌,下军棋,下五子棋,看书……卷王说看不出来你爱好广泛啊,但是我们公司不搞少儿培训,也不是老年活动中心。这时王彩秀又记起,启梁会弹吉他。当年小戈帮他交了钱,两人一块认一个姓乔的师傅学这个,学了年把时间,小戈只能弹几个基本和弦,启梁去了学校元旦晚会搞表演。卷王眼仁聚起一层薄光,问:"弹什么吉他,家里有么?"启梁就说和朋友凑钱买了一台电音吉他,带音箱,平时放在朋友家里……卷王说:"现在的年轻人,好歹都有一样本事,一定用得上。"

次日启梁就接到电话,卷王说你就来我们公司的乐队。启梁知道那是一支铜管乐队,自己一把电音吉他混进去,还比不上滥竽充数哩——好歹人家手里拿的都是竽,看着齐整;吉他混进铜管乐队算哪回事?卷王喊的一声,无非是大家凑一起混口饭吃,哪有那么多讲究?我说把你放进来,他们就一定会配合。

启梁知道舅舅断然不会理解乐器之间的界线,他脑补了一下吉他混在铜管乐队的情形,不伦不类,暗自尴尬。犹豫过后,却又把牙一咬,铿锵地跟自己说,去就去!

刚去就领到一白一蓝两套礼服,还有扣脑袋上的大檐帽,从头管到脚,鞋子不发,自配黑色三接头。发衣服的是老顾,他说几年前是管四套,另有两套专门用于婚宴,颜色当然要红。但前几年红事白事有了严格的划分,红事找婚庆,白事归家政,井水不犯河水,铜管乐队也不能两边赶场。而且婚庆日益成为高消费,丧礼一直都属普通消费,所以红事白事场上的铜管乐队也有了明显区分。婚庆公司里的乐队建制齐备,号、笛、管各有几根,还少不了萨克斯和圆号提升品格。而他们乐队样样凑合,几把号几根管,两面鼓一对镲,但也有亮点:一个长得像舟舟的小伙小顾站在队列前面,举着铜制的指挥杆上下晃动,节奏自由,有时候跟整个乐队的演奏完全搭不上。当初老顾又要管后勤设备又要照顾小顾,分身乏术,卷王去他家瞟一眼,主动把小顾招来干活,没想歪打正着,且再次印证了卷王反复跟人推销的观点:人无好坏,看谁码牌。

正因为这支乐队不讲究,启梁才好扛一把吉他加入,而且发现别人都没有丝毫尴尬的体认……或许进入这个行当,首先就要阉割诸如"尴尬"之类不必要的情绪。由此看来,卷王对这行当的定义,简单粗暴却又异常准确:无非是大家凑一起混口饭吃。

这乐队平日里也有训练,一周碰不上两回。启梁发现队友们也只是把乐器折腾出声响,大多数人未必识谱。有可能是不识谱的师傅盲传瞎带,手把手教会徒弟,竟然都吃上了饭。他们不但不排斥电音吉他的加入,而且训练的时候,不管是《哭五更》《一江天》或者《祭灵台》,怂恿启梁先弄出声音,然后他们跟节拍。训练只搞两周,第三周启梁开始上场,是木材站一位副站长的葬礼。木材站有堆场,改作灵堂,异常宽

123

阔,舞台也比别家搭得专业,仿佛专为这支重塑的乐队登台亮相准备的。乐队站位时,号手鼓手似不经意地将启梁簇拥到中间,由他占了 C 位。事实上启梁现场把握节奏的能力比别人更稳,从那以后 C 位固定留给了他,队友还当是给自己省力气。启梁用电吉他带起一支铜管乐队,并没有引发违和感,只是生理反应一直都有,头皮发麻,心底不安。乐队待了半年,启梁跟队友看似配合熟练,但他知道自己时常陷入崩溃之中,但又不好怎么开口——卷王只会说,你干得很好,非常好,为什么不接着干? 在卷王看来,所有一切都是既成事实,都那么理所当然,身心俱疲之类的感受,只是一个年轻人阅历不够丰厚,内心不够强大。卷王只会给启梁洗脑,打气加油,不会让他放弃。

王彩秀快退休的时候,骑单车撞了树,当时也感觉不重,去医院一拍个片,骨折。她怀疑本来没有骨折,是被医院给拍出来的。启梁待在乐队正好日夜煎熬,母亲这一骨折,他暗呼可怜天下父母心,腿伤都来得正是时候。卷王说只管去照顾你妈,请什么假咯。王彩秀嘴里念叨着以大局为重,自己能照顾自己……但腿上打了石膏诸事不便,启梁照顾几日倒也见着真心实意。一想自己五十多岁也刚享上儿子的福,嘴里也就停止念叨。

两个月后,启梁不得不重返家政公司上班,借口吉他坏了正在维修,观望情况。如他预料的那样,他在的时候整支铜管乐队以他为核心,跟他节奏,现在没了他,人家照样弄出声响。看这情形,启梁如释重负,甚至怀疑自己曾经加入过他们。

卷王问乐队你不想干,换个什么事情?启梁这两月早就想好,说要开车。反正,母亲和舅舅都劝他尽快拿照,于是先开车后拿照,老顾当他师傅,开去城郊摸几天方向盘,就算学成出师。这时启梁打算自己买一辆车。卷王说了,连人带车一起来,工资加租车费我一块给,你那边更划算。车是一台方头方脑的五菱微面,三手或是五手转过来,王彩秀掏两万,卷王将余款补齐,车归启梁用,分明是帮着外甥占自己便宜。所以,家政公司别的人顿生感慨:"谁说王老板抠抠搜搜,那是他没给你当舅舅。"有人进一步发挥:"启梁拿卷王当舅,卷王拿启梁当崽。"

乐润家政已经有两台车,一台归炊事班,一台后勤采买,现在多加了一辆,当然也是卷王一句话的事。加在哪儿?卷王不免惯性思维,既然启梁跟乐队熟,就把车给乐队用。前面启梁入伙,乐队完全不排斥,但这回安排车,他们却不买账。倒不是存心故意,只是客观事实摆着的,这车只够放乐器,装不了人,而他们各自的乐器都轻便,随身携带也已习惯,用不着运送。再说,一支铜管乐队穿好制服,空手上街,不免怪异,就像旗手手里没有旗,仪仗队手里没有枪。

"……只有用不着的人,哪有用不着的车?"卷王的名言随时创生,虽然名言多了彼此难免矛盾。他很快想到主意,有天叫启梁开车,两人去到肖家垴和陈西桥两片旧货市场,逛二十余家店铺,淘来十张自动麻将桌,有的看来很新,价格只有三四折。卷王要启梁赶紧弄清内部构

125

造,自己能修才好往外出租。启梁学过机械,麻将桌只要不出千,结构都很简单,无非齿轮滑轨的组搭,他拆开一台很快搞清楚,再上网一搜直接找到常见故障的处理方案。此后,他用车拖着麻将桌赶丧礼。每场丧礼守两三个夜晚,麻将桌是聚人气的大法器,不能缺少。各家政公司都有整套人马,唱丧堂的弄响器的,搞炊事的还有卖力气的,干活便是打组合拳,唯独租赁麻将桌另算,主家自己去请或者把总打电话代找。既然家政对丧礼一包万全,为何单单把这一进项撇开?原因已不可考,反正,麻将桌的租赁事实上成为丧葬行业一大盲区。由此说来,卷王这一次灵机一动,一不小心又开了行业先河,此后别的家政也睡醒似的,跟着做。凭什么不做呢?这一项赚头不小,一台桌一天五十,十台桌满租一晚就有五百,一个月折成二十天,也有上万的进项。只是,麻将桌更新迭代太快,启梁的这批麻将桌款式稍嫌老旧,讲究一点的主顾不肯租,卷王还得打电话另找,照样是送生意,人家脸上还要挤出备胎的怨尤。

翻过年头,启梁将这批桌再一次送到旧货市场,再去购置最新款麻将桌,将生意进一步做稳。他现在胆子大一点,知道投入才有产出,现在的人越来越讲档次,丧葬也不例外。

转眼启梁守麻将桌守了两年,钱赚得不多,但稳,这让他自己心里也稳。这时卷王跟他提起拉业务的事,说:"不能光租那几桌麻将,白天老是闲着不行呵，业务一定要去拉。"启梁嗯一声。卷王又说："这是开口饭，有点难为你，但万事总要开头，你先跟我后头看看再学。"启梁又嗯一声。卷王本是要走，突然担心自己意思没讲够，最后免费送些鼓励才好，又说："开口饭也不一定是能说会道的才吃得下，我能够把乐润做大全靠一张嘴，人家何老七最怕跟人交道，说话就是受刑，同样也能出门拉业务，在他们菊英家政，何老七也经常冲到销管，懂不懂？"启梁嘴上说知道，但销管是啥听得糊涂，回头百度"销管"，发现应该是"销冠"。这些年新词怪词冒出来太多，隔几天不百度耳朵脑子都有了盲区。

启梁这两年对舅舅在佴城"业内"的影响力也有较多了解，他最大的能耐，便是带出丧葬行当上门拉业务这股"歪风邪气"，造成越来越严重的"内卷"，导致家政公司里唱丧堂的拨响器的开车的做饭的慢慢都把正事当成副业搞，唯有上门拉到业务才是最紧要的工作。那时候，"内卷"一词并未出现，但王同乐早就得来个绰号"卷王"，也是冥冥中的定数。从此，入到丧葬行，干活出力自然拿到一份工资，去拉业务，行情是直接拿五个点。一场丧事时间有长短，几十号人投入其中，费用都在几万，五个点能顶一般人两个月工资。

拉这生意不能去早，如同收账都要过午。卷王刚开始把这事搞起来，还是十多年前，启梁读中专那会。佴城天热得早，各家各户都还没安空调（都还不知有空调这东西），午休一般出了家门找墙角抢树荫歇

127

凉。这时候,卷王探知哪家有老人,有病人,活得八九不离十了,看好时间赶过去,似不经意打招呼。别人一搭话,他就顺理成章地凑近目标,把屁股搁一旁的地上。七拉八扯,话题最终会精准锁定他心里有数的那个人……直到把一桩桩生意搞定。

一招鲜吃遍天,丧葬行当也遵循这通用的法则。最初,卷王拉生意之前做好功课,精准突破,对方也不曾有防备之心——他们还没来得及意识到,这种事情也有人上门拉生意。卷王开了这头,此后其他丧葬班子(那时都没注册成为家政公司)纷纷效仿,如果不上门,生意定会有明显下滑。说白了,一旦拉生意成为常规性操作,所得也并非业务扩大效益翻倍,而是各自保持原有份额而已。毕竟,小小一座县城,每一年死者的数量相对恒定,再怎么折腾,都是为保份额而不断加大投入。若干年后人们知道这叫"内卷",当时却没意识,折腾起来还感觉蛮有劲头。要说"内卷"纯属自找麻烦,倒也不是,在这过程中,每个灰不溜秋的从业者日益具备了职业操守,至少穿着打扮,开始个个讲究。

启梁刚进到乐润家政,知道上门拉业务是躲不过去的一道坎。这两年混乐队或者租麻将桌,启梁也听同事聊上门拉业务的事情。卷王将这局面造就出来,乐润家政的人白天也闲不住,四散开去到处打听哪里有人快要死掉,听着像一堆瘟神,他们自得其乐。一开始跑这生意脚底灌铅,揿响人家门铃,头皮就发麻。多跑几趟,慢慢就习惯,甚至得来一分豁达,对死亡的看待,和先前不一样了。那时候,卷王当然不晓得要做企业文化,但他手底下员工提前得来一份自信,好歹,老板是丧葬行首屈一指的人物,老早成为行当发展方向的规划者,成为行业规范的制造者。在公司里闲着的时候,启梁有意无意挑起这话题,同事告诉他,上门拉业务其实也有乐趣。又接着问,这生意毕竟不好开口,上门以后都有哪些切实可用的诀窍? 同事往往虚晃一枪,说这问题我们哪有资格回答,你只要看你舅舅是怎么操作,我们学到他两三成功力就管用了。有同事顺口提起,当初卷王拉业务抢占先机,那一阵业务增长太快,公司就只这么些人,生意一下子做不过来。生意拉都拉到手,卷王哪能白瞎,好几单都转包给菊珍家政。后被主顾发现,惹一场大麻烦。卷王这才搞明白,生意接不过来,直接介绍别的家政去做,决不能转包赚差价。他在公司例会上反复强调这个,其实是自身的教训,但这教训说出来,分明透着丝丝得意。

这些说法让启梁多少放宽心情。现在,真要上门,启梁跟在卷王身后,看着卷王一户一户揿动门铃,心头仍会一紧。便又想起父亲病危时候,舅舅每次到来都有如催命。自家人尚且有这份戒备,换作别家,面对上门拉丧葬业务,脸上挂起哪一款表情才合适?

一扇门拉开,门缝出现一颗光头,接着是脸。那人一怔,稍后挤出笑容,招呼卷王进去坐。进到里面,启梁看出来,这一家是主动打电话联系的生意,稍稍松口气。光头的父亲正躺在床上,那一脸病容,启梁看着自然熟悉。老者见到卷王,强撑着坐起来,密集的皱纹还稍稍绽开。卷王抢跑几步,动作自带戏剧性,却又恰到好处。他双手托住老者手肘,慢慢放平,像摊开一张揉皱的欠条。老者说:"卷王,前几天感觉不行了,想打电话喊你来看时间,又有些不好意思……今年都叫你好多回。"卷王说:"你尽管叫,我随时来。我就是干这个的,不要打量。"光头说:"不打量,本来是要叫,我爸过一会自己缓了过来。"卷王说:"经常这样,老人心急,都说自己知道时间到了,其实我们来看一眼更有准度。"老者说:"你看我怎么样?"卷王说:"还是上次那句话回你,记得么?"老者说:"你说的,'忘记多久,时日就长',对么?"卷王拇指一撅:"老隋,记得一字不差呀,你厉害……"老者忽然有些难过,说:"我这就是忘不了嘛。"卷王毫无顿挫地答:"到你这年纪,话音记得越准,意思就忘得越快,你这一脸气色,照照镜子就是自我安慰。"

启梁站一旁听得绕来绕去,再一看老者和光头爷俩面色一齐和缓,搞不清这是拉业务还是推脱生意。

往后再敲开别的门,进到里面,主家大都客气,然后由卷王跟老者或者病人交谈。卷王倒也不是一律说好听的,对于躺床上抽风踢脚的人,卷王言语既有关怀又暗含催迫,时不时地,言语会突然变得直接、凌厉,告诉对方我这边全都准备好,就看你自己哪时想走。第一次听舅舅这样说话,启梁浑身一抽,这不是讨打么?再一看对方脸上却是满意神情,仿佛这种交谈隐藏着一套古怪的言语法则,需要足够的经验和察言观色的天赋共同把握,启梁一时半会哪悟得着其中奥妙。

跟的次数慢慢增多，启梁也渐渐听出，卷王说话就是要带出某种情绪，让对方有所波动，时而紧一紧气氛，最终是要将话引向宽阔之处。显然，耍嘴皮也是技术活，轻重缓急都带分寸，并不容易。卷王也不忘随时点拨启梁，说在一个县城混事，最重要的就是攒聚口碑，一件事干上十年，每个人一看你这张脸就会条件反射想起你是干什么的，自然吃得着一口饱饭。所以，在这小城之中，攒聚一辈子的发不了家，打牌一辈子的也没有穷死，还有几个花花公子，年轻时候胡作非为，上了年纪，小姑娘主动上门来撩，仿佛是要拿他们打个卡，盖个戳，从此在小城社交场合才算建立名声。启梁听出来，舅舅讲的全是自己，把总做了这么多年，先是上门拉生意，现在许多生意主动找他来做。卷王积聚的名气让他自带一层包浆（启梁认为此处不好说是光泽），那些老者隔三岔五见他一面，跟他随意聊些事情，如同用附满茶垢的杯子倒上白开水，闻起来自带茶味，喝下去自有一种安慰。或者，这也算是临终关怀，却又混杂着卷王独特的业务能力。

　　还好，启梁一次一次进到别人家中，查看气色，言谈生死，基本没有遭遇想象中的难堪。这才确认丧葬生意其实也和其他许多生意一样，一方有所需求，另一方可以提供，如是而已。真的告别，天各一方，死者家属在伤心之余也能把各样事情有条不紊地处理好。接触渐多，启梁从中咀嚼到以前从未感触的东西，生与死这些以往十分模糊的概念，有时候突然在头脑里异常清晰，一旦清晰，还伴之以亲切。

启梁跟在卷王后头一年多,才算出师,独自上门拉业务。此前他倾听并分析卷王讲话,渐渐摸出一些套路,归纳出一些法则,还在硬皮抄上记下来,以为自己已经掌握。一旦自己单独上门,与对方聊事,还有好一阵不得要领。其实讲话方式和技巧他是潜心学过来的,卷王翻来覆去就那点人生道理,就那几句安慰的话语,卷王每一次出马都能管用。换成启梁,这些话已然听熟,似乎都含在自己嘴里,往外吐能做到流畅,却又老觉得哪地方不对劲。虽然对方很少打断他,但一顿话讲下来,启梁浑身僵硬,时不时背心沁一层汗,跟干了半天抬岩挖生土的苦活似的。

当时启梁正跟楼下理发店的小欣处对象。两人年纪都不小,这一回说好的认真对待。小欣倒是细心,自己看出来启梁拉这业务非常吃力。只要预感哪个主顾可能不太好相处,提前一天晚上,两人照例干那种快活事,启梁会忽然不在状态。启梁承认,这时像是回到学校一样,像是明天期末考试一样。小欣帮他分析原因,说:"你讲的话都是从舅舅嘴里扒来,这都没错,问题是你本人跟他完全不一样。你舅舅自由发挥,脱口而出,怎么说都捏着分寸;你不一样,是在模仿你舅舅,一句一句地背书,分寸呢把不准,这就紧张。"启梁一想,大概是这么回事,问要怎么解决?小欣又说:"那你要找找看跟你差不多,不太能讲的人,他们的现场经验肯定更适合你。"

启梁脑子里一找,很快圈定公司里一两个闷人,主动要求跟去拉

132

业务,人家也没法拒绝。他们已给启梁取了个绰号:小把总。

卷王能说,躺床上的人也愿意听他说,当然两相为宜;启梁本不擅长说话,强自开口喋喋不休,其实就是泄自己的元气,所以此前一直很累。经过调整,他改变了策略,嘴巴尽量不说,脸上绽露笑容,显出耐心,听对方说,听家属说,时而点点头,时而嗯啊有声回应一下。偶尔开口,一定是夸,见缝插针地夸,又不能夸张。这也蛮有效果,因为听能言者说道,或者自己能说要找好的听众,都是不同的人内置的不同需求。擅长说和懂得倾听,都是本事,都一样管用。有了这一定位,小欣正好派上用场,她给启梁设计贴切的发型,还提醒启梁既然拉业务一定要注意形象。启梁一直听王彩秀教诲,"吃饱穿暖"是指导思想,从来不觉得形象二字跟自己有什么关联。小欣帮他一弄,启梁再一照镜,发现自己竟也是人模狗样,此后对衣着发型自我的仪态发生兴趣,就像当初在卷王引导下对上门拉丧葬也得来古怪的兴趣……毕竟,启梁能算一个干一行是一行的人。启梁耗在镜子前面的时间一多,王彩秀看不惯了,认为小欣还没嫁过来,就开始改造启梁的性格。卷王帮着劝:"跑业务注重形象是好事,换成现在的说法,就叫职业道德。"王彩秀接受新词的能力没那么快,卷王擅长讲道理:"就是说,启梁现在要进到人家家里拉业务,必须穿得像样一点;好比你在食堂要把饭菜弄干净一点,一回事。"这一说,王彩秀就不好吱声了。

接后,启梁确实体验到,自己打扮越有模样,去到主顾家里得来的

133

效果越好……他从别人的表情态度还有端茶倒水的姿势里面都感受得到，甚至，躺床上的人态度也变得更好。启梁这时看得明白，快死的人也喜欢跟穿着讲究的人打交道。在他们看来，此时自己的形象，或许对应着即将到来那场葬礼的规格档次。

乐润家政越搞越大，日常有五十几号人，乐队逐渐补齐了乐器，吹奏得出起伏有致的乐曲。碰到更大的场面，会邀别的家政公司帮衬，一两百人的阵仗随时拼凑出来。

跟大多数创业有成的老板一样，卷王越来越喜欢开会，周一是例会，周五是总结会，周末时不时把人紧急叫来交代事情，依然在开会。他也不懂规划主题，公司里有一张特别大的会议桌，环一圈二三十人，卷王往正位子一坐，人来得差不多就开始发言，上嘴皮不碰下唇，一个人包场，讲着讲着忘了自己到底要讲什么，眼皮往上翻，眼球四下乱转，仿佛话头丢在地上，丢在房间哪个角落……眼睛多转几匝，话头一次次神奇地续上。

有几回，卷王实在找不着话头，却一眼瞟见启梁，便顺嘴将他一夸，让自己稍稍缓过神。夸启梁，又总是那几句："你们看看，即便像启梁这样的闷驴子，现在也能出门拉业务，不是么？而且，他在拉业务过程中结合实际情况，扬长避短，逐渐形成了自己独特的风格，不用多嘴，多听对方讲，多点头，同样有效。从我收到客户反馈的信息，有的人就认可启梁这种风格，葬礼过后还交上了朋友，拉他到家里吃饭。"

这倒不是虚言,启梁摆出十二分耐心听人讲话,拉上了生意,并形成良性循环,他发现自己能掏出的耐心越来越多。说白了,耐心谁都有,能掏出多少,是要对应怎样的结果。启梁没想到自己还形成风格,卷王的夸赞让他内心翻涌一丝诡谲。确曾有死者家属拉他吃饭,起初他不好不去,去了当然是听对方滔滔不绝,然后自己不停眨巴着求知的眼睛默默吞下所有废话,其实心力交瘁咬牙强撑。后面再有邀请,他晓得拒绝,不能为一单业务无限追加售后服务。所以,他也有差评,有些死者家属终于发现,启梁只是跑业务、抓生意,而不是表面看上去"听人讲话有瘾"。

卷王还给这风格命名,叫成"垃圾桶风格"。启梁一听,完全就是自己最真实的感受。卷王要跟别的人解释,开口说话是本事,不说话又能与主顾交往下去,甚至交为朋友,并不是随便哪个人都能做到。总体而言,上门拉业务,能说会道肯定是捷径,只要将话说出来,就是在抢占先机,不停地缓解、调整、改善彼此的关系。若嘴巴笨拙,选择倾听对方说话,其实是将自己默认为一个垃圾桶,什么都能装下,这需要形象气质,也考量心理素质。卷王最后总结陈词:"这种垃圾桶风格,看似平常,实则非常不易,启梁做得不错。你们不会说话的要跟启梁看齐……当然更要学一学菊珍家政那个何老七,他简直将这种风格做到极致。学无止境,包括启梁,都应该继续向何老七取经,往后专业技能还有深入拓展的空间……"

夸了一通,最后话锋陡转,好比打靶时高中十环,却不是打在属于自己的靶面。

启梁经常见到何老七,谈不上熟悉,两个闷人哪有交谈。何老七虽在菊珍家政干活,闲来无事时常跟在卷王身后,像他的影子,像一条尾巴。卷王平时就话多,跟何老七在一块更是一刻不停,其实到一定年纪讲来讲去全是现话,回忆过去,过去也像咀嚼半天的槟榔渣,没有任何味道。何老七真可谓"听人讲话有瘾",跟谁都好相处,尤其跟卷王在一起,一个说,一个听,一个说话滔滔不绝,一个脸上微笑凝结。看到这一情景的人,准会突然记起没用手机以前大家凑一块聊天的乐趣。现在哪有这回事,凑一块顶多也是互问互答。

卷王三十出头离的婚,此后一个人过。刚离的时候也想再找,好几年不见动静,四十多岁死了心,一直打单身。女儿思婷当年随母亲去了湖北,父女见不着面,过年时候卷王赶几百里地去见她。起初,久别重逢还有拥抱和热泪盈眶,但异地分居久不见面,父女俩交流减少,感情不可避免地趋于平淡(这过程让人难过同时也让人轻松),近几年,几乎断了来往。

一四年国庆节,思婷结婚,当天上午十点发消息,邀卷王中午十二点赶到六百里外的武汉赴宴。电话打来时启梁也在,卷王手机刚摔过一下,不按免提自带外扩。启梁听得清楚,这表妹多年未见,给父亲下一手逼脚棋,完全无解。卷王一脸情绪看着失控,发现启梁在侧,强自忍住,叫启梁把车开往陈西桥。到地时,何老七立在桥头等待。这是俚城一些老人的习惯,等人在桥头,送人也送到桥头。卷王拽开车门,拱出巨大的身躯朝何老七靠拢,摇摇欲坠的样子。何老七个头小,站得笔直。卷王走过去,何老七一看这神情,赶紧将双手和身躯往前杵,犹如一副千斤顶。两个人四只手握在一块(他俩身高差得有二十厘米以上,要是个头差不多,指定会是拥抱),卷王稍稍稳住身体。卷王腾出一只手,做手势要启梁自行离开。启梁便离开,后视镜里看着何老七拖着卷王往前几步,背靠移桥栏杆站稳。

那一刻,启梁脑袋一个忽闪,觉得何老七真像是舅舅的……妻子,情人?都不对,应该像是偷偷养着的小老婆。

事情要来总是一块来,翻过那年,启梁和小欣刚结婚过,卷王就查出癌,是肺癌。王彩秀和启梁陪他去的医院,拿到结果,晚期。王彩秀决定不必瞒他,她认为这个弟弟应该是也必然是她认识人里头最不怕死的。他跟死人打了几十年交道,靠死人过活,明里暗里也当自己是丧葬业权威以及死亡专家,简直没有任何理由怕死。得知情况,卷王脸上稍一扭曲,双手往上抚,就像抹布一样抹去所有仓皇痕迹,露出浅浅的笑容……虽然,这时候微笑未免显得别扭。过了几天,他跟母子俩说:"我是爱喝酒,烟偶尔顺别人一根,你们说,怎么得的是肺癌?"王彩秀说:"昌发抽烟多,喝酒差你一大截,却是肝癌。"

"……癌病真是不讲道理。"卷王索性透露出些无奈,稍后又来一句,"换成肝癌又会更好么?"

到某一天,卷王把启梁叫来,说:"这些年我还是累了,要强制性休息。"启梁并不相信,他跟在舅舅身后很长一段时日,纵是每天忙个不停,脸上总是享用的模样。他以为舅舅只爱热闹,只爱人堆里扎,一个人便不习惯,偏又单身这么多年(许多人都是这样的矛盾体却又浑然不觉)。这回卷王不含糊,把总的事情正式过手,整个公司移交给启梁,自己说休息便休息,那以后都不再来这公司。

启梁接手以后,大伙只需把"小把总"的小字去掉。

在这之前,公司的事卷王尽量让启梁处理。启梁管理乐润家政几十号人,基本镇得住,有些话多讲一遍,别人只能耷下脑袋照办。当然,平时在公司,卷王总是有意无意往启梁身后一站,把气场借给启梁。现在卷王说不来真不来,启梁说话感觉背后有虚,跟员工交代事项,嗓门似乎要扯大一点。话一讲完,他又怀疑是自己内心对舅舅的依赖一时还消除不了。好在启梁已经干了几年,碰上的问题前面都已经碰到过,解决起来不至于无措。

王彩秀提醒启梁,现在你舅舅一个人住南坊弄,有空多去看看。启梁一想也是必须,去过几次,何老七都在。有时候两人在屋里聊天,说是聊天,永远是一个人动嘴一个人动耳,而且两个老男人经常就把肩头搭靠起来,尽量拉近嘴和耳的距离。启梁进去,把东西一放。卷王自顾和何老七说话,要是两人靠在一起,不自觉地坐正身姿,拉开小小的距离。这让启梁觉着自己有些碍事,不尴不尬聊几句自行离开。王彩秀再要提醒,启梁便说舅舅现在可不孤独,有人天天搭伴。王彩秀就知道是何老七,感叹他俩关系这么好,怎么偏偏都是男的。启梁说他们不是同学么,从小一块长大?王彩秀说,那么多同学,一块长大的也多啊,他俩好到这程度也是不容易。启梁说,都是男的,朋友同学也多,最后就他俩形影不离,也是自然选择的结果。王彩秀一笑,说是形影不离,其实有一两年你舅也故意疏远何老七,不想理他。启梁一想何老七那副顺从的模样,感觉奇怪,说他还敢招惹舅舅不高兴?王彩秀说,倒是因为我。他俩关系太好,互相串门吃饭,今天你家明天我家,我们两家都变成了亲戚一样。等我们都到二十来岁,要找对象,你舅怕他动我心思,故意疏远。启梁说,看样子何老七是真心,舅舅还对他有防备啊。王彩秀说,何老七人是没得说,你舅嫌他个太矮。他找媳妇老大难,你舅也帮忙,但不会搭上自家人。启梁一时好奇,说妈你当时对何老七怎么看?王彩秀说,我要是看得上他,今天还有你吗?

何老七跟卷王小学初中都是同学,何老七把卷王认作最好的朋友,卷王当他是小马弁。此后卷王读两年中专就进到电厂干活,何老七是跟随父亲进了县马车社赶马车。马车社在八十年代初就倒闭,何老七变成社会闲杂,打了多年零工,后来跟着嫂子混,也是吃丧葬饭,他负责开车。卷王坐班房出来,干上了殓师。进到一个行当,这对好友也算再续前缘,殊途同归。如果罗菊珍不是何老七亲嫂子,他是指定要鞍前马后跟卷王跑,像从前一样。虽然不在一块干,但后面卷王开启内卷模式,整个行当的人都要拉业务,何老七也不能独自幸免。起初,要何老七上门拉业务,他死的心都有。他闷声闷气过了半辈子,如何从头开始遭这活罪?罗菊珍有一套管理方法,业绩上墙,还搞末位淘汰。起初何老七不拉业务,也不怕淘汰,心里正想去处,卷王便及时表态我这里缺人开车。罗菊珍偏又要袒护家人,自己拉业务一把好手(她擅长哭丧,拉业务时哭腔一拖非常有效),便分一些给何老七,让他每一次在被淘汰的边缘徘徊,最后总是有惊无险地爬上岸。这份关爱使得何老七一张老脸挂不住,月月放榜时候看一看自己业绩,不偏不倚永远排在倒数第二。同事当面不说,背后叫他"千年老二",这绰号浑然天成,怨不了别人。嫂子罗菊珍只分他业绩,不会发相应的绩效。回到家,老婆也数落说:"你嫂子赚死人钱,怕阴气聚得太重,专门找你背锅,阴气也找你分摊。"

何老七受的夹板气,日子着实难过。再跟卷王一块散步时候,何老七不经意也提一嘴自己的境遇。卷王听出何老七语带埋怨,这着实罕见,来了兴致,说:"这拉业务是我搞起来的,现在也撤不掉了,把你连累进来只能算是误伤,要我怎么帮你,尽管说。"何老七只是埋怨,没想到还能有什么要求。卷王主动开口,说要么你就跟我后头,看我怎么说道,多看几回自然就会,你又不真的是哑巴。照这么说,何老七算是卷王带的第一个徒弟，但他们这层关系，不便以师徒相称，何老七也不吭声，以后白天无事就一个短信发过去，问卷王在哪。卷王总是回你去陈西桥等我。何老七是勤快人，打定要学便每天不辍，往后跟了卷王一两月，进到十几位主顾家中听他示范怎么打动对方，把身后事全盘交托过来。本想学技术，何老七越听越胆寒，越是知道拉这业务虽不算好营生，但跟当官、洗账、和事、铲仇、生三胞胎一样，需要天赋，倚赖异禀。何老七是有自知之明，开口讨吃这事，别说天赋异禀，马路上随便拽一个人都强过自己一大截。

何老七见势不好打起退堂鼓，卷王没师傅名分却已行教诲之实，讲话已然威严，可不准何老七随意开溜，还设身处地替他想招。卷王问："你嘴不能说，那么，挨人骂有没有问题？"何老七把头一点，说："只要不开口，打骂随便来。"卷王说："打倒不至于，有些家伙说话难听，不好侍候，你只要挨过去，生意就接得下来。"何老七说："有这样的事？"卷王说："就像当秘书要先练吃耳光，你知道不？有的领导脾气暴，火头上时候手上有动作，秘书就把脸递过去……不会白挨，领导气消的时候，就会给秘书补偿。所以，有些家伙当秘书，专门想跟管不住手的领导，可不是有虐待倾向。"何老七这时开窍，说："这不就是活靶子？"

卷王平时拉业务顺手，可谓是行业里的领军人物，但业绩是给人看，受罪自己消磨，许多业务必须承受人格侮辱。那以后，见生意他也不是一味吃进，一看是难侍候的家伙，业务便转赠给何老七，成与不成,先捞人情。何老七可不含糊,活靶要有活靶模样,低头耷脑去到别人家中。脾气不好的人也是看菜下饭,见到何老七这副模样,很容易就火力全开。管他怎么发挥,何老七从来神情不变,照单全收。最后对方舌头抽筋了,一看何老七还没闪人,补偿之心油然而生,把家中即将到来的丧事托付给这个非同一般的倾听者。

既然有效,何老七得来底气,将这发展成一己特长,或者说将自己日益打造成一只性能优良的垃圾桶,具有无限深度,容纳所有的阴损怪话。所谓特长必然形成品牌效应,随时间积累,小县城中脾气不好的主顾,家中有事,已经知道主动联系菊珍家政那个弥勒佛一般的业务员。当然,也有些脾气好的人,听人一讲这人,脑袋自动勾勒出形象,待家中即将有事,想要联系家政,何老七的形象便自动浮现脑海,陡然生动清晰。电话一拨,便是找菊珍家政座机打去,指定找他,有的道出姓名,有的只说找你们公司那个闷声不响的……接线的都知道说谁。

卷王说何老七是"垃圾桶风格"的代表性人物,当着面说,何老七也是高兴。他已能将所有的话都默认为好话,业务接得越多他内心的老茧越厚。启梁形成风格,卷王时不时提醒他,你现在是认两个师傅。启梁说明白。卷王叹一口气,说不急着明白。

生病以后,王彩秀时不时去卷王家里弄饭,打电话叫启梁也过来作陪。卷王已不能喝酒,家里还贮藏不少好酒,要启梁喝给他看,看启梁脸上的酒精反应,解自己馋虫。时不时还提醒,夸张了夸张了,不要故意演给我看,顺其自然最好。还见缝插针给外甥讲一些人生道理。到他这地步,道理简直张口就来,比如说喝酒,他当把总也时不时有人送好酒,而他总是将好酒藏住,哪瓶便宜就先喝哪瓶,"这是以前苦日子形成的习惯,实在要不得"。现在好酒还剩下两柜子,他却一滴也不能喝。吃饭时候也经常提到何老七,也算讨论业务。卷王对何老七足够了解,看着启梁喝酒,时不时一阵感叹又滑向了何老七。他知道何老七并不是看上去那么皮实,这是要硬撑住。某年暑期,何老七读大学的儿子回来,不知从哪听说父亲拉业务的独特风格,不免心疼,要何老七收手不干,何老七哪肯答应。儿子有孝心,买了一套隐藏式耳机,插进耳朵眼别人看不见,效果很好,蓝牙放出歌曲,别人面对面咆哮也不会听见声音。儿子是想父亲拥有这款神器,可将特长作进一步发挥,垃圾桶也要当得登堂入室,登峰造极。何老七当然不会拒绝时新科技将自己武装起来,国家正提倡与时俱进,他知道用这神器就是响应号召。这以后,何老七戴着儿子送的耳机出门拉生意,对方一旦发飙便用手机播放歌曲,避免垃圾话的侵扰,依然面露微笑,却只得来两种效果:或者被对方识破,或者对方对他的反应不满意。何老七这才搞明白,他以为面露微笑都是一样,实际上,听不听得见对方讲话,做出的反应总有微妙的区别。只有真的听进别人讲话并承受住,才能真正赢得对方补偿性的回馈。

启梁脑补着那种微小的差异,卷王也憋不住摆一摆道理:"何老七跟我讲这事,我也突然明白过来,人心深浅,最要真实以对,不能半点敷衍。"

启梁说:"一分钱一分货,当垃圾桶也不能造假。"

"呃,理解得对路。何老七跟我讲起这事,我还跟他总结,死猪耐烫,比不上活肉滚刀。何老七一听算是服我,他心里面的感触原本很多,我就打两个比方,他说全都概括下来。"

"那以后他再不用儿子送的耳机了?"

"必须的,活肉滚刀嘛。"

别人看着卷王病情是在加重。有一阵他自我感觉有所恢复,要出去走走。到这时候不可能是"世界这么大我想去看看"的初衷,卷王心里自然是清楚,只把本县地图翻出来一看。全县十一个乡镇,两百多个自然村落,竟有大半从未去过。这着实让他意外,活了一辈子的小县城,都是如此陌生,更别提县城外的世界,简直情何以堪。趁还能动,他找何老七商定,开车打卡,每个自然村走一遍,找到挂有村名的牌子,或者居委会的牌子,合个影。何老七几乎放下手头活计,当回专人司机,两人"云游"侸城。卷王早就用上微信,以前基本不发圈,现在见天发,九宫格填满,都是他和何老七的合照,或者是找村主任一块合影。卷王个高,本地人多是少数民族,普遍个头矮小,这些照片晒出来,启梁想到的是《格列佛游记》里面的小人国。亲友们每天翻到,这照片看着确实枯燥,但又有一种坚韧不拔的气概,想想卷王此时境况,难免还被励志一把。

某天两人去到拉垅乡苔地,见到半座山的金银花稀稀拉拉生长着,卷王想起这不正是启梁和朋友当年搞的那个项目?他多拍几张照片传给启梁。启梁一看也是满眼陌生,那地方他自己竟从未去过。稍后卷王还从村委打听到,这片金银花当年撂荒,现在被当地人管护起来,不能随意采摘,专供本地小学生勤工俭学。盛花期,本地小学生周末赶来,采下金银花晒干,多少换几个零花钱。所以,卷王认为启梁这一笔投资也没白瞎,启梁瞎打误撞当了一回慈善家。

另一天,何老七开车刚出城北,见新开出一条路,炒砂路面黑得发亮。卷王把车叫停,让何老七换自己开开,方向盘一打,轧了上去,路面润滑还跟车胎轻微撕扯,卷王暗呼轧新马路着实过瘾。

走不多远,卷王越看越熟悉,说这地方不就是秀城坡?

三十年一晃过去,城北一带搞开发,原有的道路大都抹掉重新规划修建。再往前走一截,路边拱出一个牌楼,匾额上题写两个隶体大字:爱谷。卷王站到牌楼前面,又想起来,这不正是自己当年捡骨分肉那地方?往里一走,牌楼后面是一处小园,看得出刚建成不久,却又凋敝不堪。小园中间立有一座雕塑,一男一女深情相拥。卷王看得蹊跷,说:"这是搞的什么名堂?"

何老七回过神来说:"只能是你当年收殓的那对情侣……是姓什

么？"

"男的姓肖，女的姓季。"卷王即使老痴也忘不了这一对。往前探两步，卷王眼光自下而上挑去，知道此时此地，这样的雕像，哪能还是别人。便说："难道是照他俩实际模样弄出来的？"这些年过去，卷王一直认为自己跟那对男女关系甚微，准确说他俩还成就了自己一番声名，但当年碰面，只看见肉，哪见过人。后来还听人讲，他俩死掉后，两边家里人各自发狠，照片统统烧掉，让遗忘来得更迅猛一些。再过几年，果真没人记得他俩长什么样。

"这叫艺术加工吧？"何老七也抬头细看，说，"是你告诉我，那个女的才八十斤；你再看这个，简直跟女排一样。"

卷王感叹："偏还有人把塑像捏了出来。"

何老七说："捏的？是雕的吧？"

"捏的。"卷王指了男人脚跟上一处缺损，已有绿苔，轻轻一刮现出水泥茬口。

时间有得是，两人找干燥地方摆好屁股，慢悠悠地聊。卷王又有感叹："总是要到快死的时候，才真正闲得下来。"何老七说："我是搭帮你一起休休假，这些年拼命干活，并没有赚到几个卵钱。"

卷王问"爱谷"怎么回事，何老七也没听人说起，就在百度里查，果然有帖子将"爱谷"来龙去脉讲得一清二楚。这是搭帮佴城旅游业搞出来的人工景点，本是要卖门票。老板姓詹，卖水泥发家，现在也搞起多项经营,全面开发,想在旅游行当分一杯羹,到处找项目。手底下一个经理建议,以当年那对殉情男女为概念,搭建这么个"爱谷",或许能够卖卖门票。经理还进一步解释,现在这社会,老头们年轻时憋坏,年纪大了不消停,年轻人却又喜欢摆出性冷淡的面目。当然他们也有恋爱,一言不合就分,一不小心又恋一回,分分合合搞闪击战。所以,詹老板有必要搞这样一个爱的小园,专门宣扬从前的爱情,要让年轻人知道,那些死去活来粉身碎骨的爱情并非玄虚,来到这里可以眼见为实,甚至空气里仍有血腥和爆炸的气味。百货中百客,经理的煽动,字字句句往詹老板心子里钻,他脑袋一拍决定干,还说,呃,血腥味和爆炸的气味,花点钱搞出来不就行了?

概念是好,当年小肖小季的亲属还在。他们搞不明白,自家伤心往事,凭什么成为詹老板赚钱的概念?亲属跑去公安局报案,放话要打一场官司。政府调解,项目先搁浅下来,一搁浅就回不了魂,用不多久,这个小园迅速荒颓衰败,塑像披上一层青苔。

何老七念完帖子,也有感叹:"詹老板搞这么个项目,早该把你请去当代言人——至少当一当顾问。该请的人不请,该拜的神不拜,景点哪里搞得起来?"

卷王说:"瞎讲,这事跟我有毛关系?"

两百多个自然村全部打卡,并不容易,却也及时,卷王能动的时候完成这个小小的壮举。七月过后卷王卧床不起,启梁开车送他去医院,医生检查后下了判断:最多三个月。医生可不是瞎说,有医疗器械测出的各种数据为证,不比卷王看别人一眼下的结论。卷王明白这道理,对自己一无所知的科学,他也充分信任,并说再老的屠户用眼估猪,都比不得一把磅秤。

倮城夏天比冬天难熬,以前就有说法:有福六月生,无福六月死。这夏天气温勇攀高峰,七月中旬,人走在路上能看见热浪具体有形地浮动。家政公司用温度计测生意,乐润也是一样,进大门的一堵墙上挂了一支超大号水银温度计,温度高过三十五度或掉出零度,生意都会迅速好起来,屡试不爽。

卷王的起居是王彩秀看护,前面她照顾徐昌发积累经验,现在守着弟弟,嘴上时不时地夸:"你比昌发省事,好料理。"卷王受了表扬,想要表现更好,王彩秀又会及时提醒:"有话直讲,不要硬挺。"

八月过后,卷王用上了呼吸机,床头随时立起储气瓶,像多一个人守护。再到九月,这天一早,卷王把启梁叫到跟前,叫他通知思婷,可以过来了。启梁说:"七月份说的,还有三个月哩。"

"……医生是说,最多三个月,那是最多。"卷王蛮有把握地说,"这种事情难道还有谁比我自己更清楚?"

启梁把电话打给思婷,表妹的声音已然陌生。

"……我怀孕了。"启梁话没说完,表妹就插来一句。

启梁问怀几个月,那边稍有迟疑,回答说五个月。启梁说:"五个月刚看得出动静,不妨碍出行吧?再说,毕竟,你爸还是想见这最后一面。"表妹又说:"当然能走,只是我老公现在陪不了我,我一个人出行肯定是不太方便。"启梁说:"要不然我赶过来接你。"表妹叹了口气说:"用不着吧,订好机票发你信息,你接机就行。"

隔两天启梁驾车去支线机场接思婷。多年未见的表妹从国内到达口出现,启梁目光自动铆定她肚皮。思婷似乎也有察觉,走近了痛快说,我不显怀。启梁把目光抬上来,当然还认得出表妹,又分明成了陌生人。忽然理解舅舅说过,既然隔得远,感情淡一点彼此反倒轻松。

带到家里,思婷坐到床前看着父亲,表情疑惑,稍后说:"爸我看你气色还好。"卷王尴尬,说:"应该是回光返照。"思婷现在是医生,对待病人有经验,又来一句:"回光返照的人一般都不知道回光返照。"话说得拗口,意思倒清晰,卷王一时无言以对。

王彩秀看父女俩一块陷入沉默,问是不是要单独待一会。思婷说用不着。

卷王癌病多时,疼痛已是常态,在这常态之外气色也会有波动。思婷到来之后,王彩秀和启梁都看出来这波动显著加剧,并呈现出非常明显的规律性:每当气色一点点变好,卷王相应就紧张起来;一旦紧张,面容又逐渐灰颓;告诉他气色没前面好,表情反倒轻松;一旦放松,气色又有恢复迹象……如此交替,循环不已。娘俩都看出来,思婷的到

149

来给了卷王不小压力。说是最后一面,思婷到来之后,卷王就一心想要兑现。影视剧里,亲人最后相见的情景大家都见惯不怪:床榻上的老者或是临终的病人,总在"最后一面"的进程中精准咽气,适时离去,如此一来,送别得以一次次仪式化地达到高潮。此刻回到现实,卷王这最后一面的最后一口气,哪是能够精准把控? 其实,想一想也不奇怪:人这一辈子,那么多技能都是专门学习,反复演练,依然不能操控自如,那到最后一刻,怎样撒手人寰,从未演练,如何辞别人世,也没有任何经验,谁又能把握得精准从容? 卷王一直以死亡专家自居,这时候却不知如何一锤定音,显然自觉打脸。

王彩秀和启梁都看出这层意思,便知道,只要思婷不走,分明就是催命。思婷难得回来一次,次日看卷王气色还是那样,就出门寻找十多年未见的闺蜜。王彩秀正好劝弟弟:"既然死不了,不能霸蛮,要顺其自然。再说,你不能以为谁催着你死似的……"卷王赶紧闷哼一声:"懂了……"

思婷在家待了三天,仍是启梁送她去机场。此后卷王情绪不再反复,既然一时死不了,卷王只得躺床上,翻找出一种以逸待劳的心情,将这病痛继续忍耐。再去问那个医生,他也不好再作判断,只是交代"随时可能走""做好准备",正确的废话,却也只能如此。

卷王的昏迷时间越来越长,有时候睡一整天,醒来时问现在是哪一年。偶尔,他会跟王彩秀提到,要把思婷找来。王彩秀勾下头问他,这回你确定？卷王想了想，便摇头。他不确定。

启梁女儿挑这个炎夏出生，这时他已经全面接管乐润家政，里里外外都要操持。恰是旺季，推掉许多单生意，丧礼仍是做个没完。忙碌的间隙，找个安静地方跟老婆通电话，视频里看一看女儿两眼难以睁开的模样，暗自欢欣。视频经常被哀乐打扰，虽然不至于影响女儿的睡眠，启梁也一次次掐断。忽然有些怕感，不知道自己的职业以后会给女儿带来怎样的影响。幸好……他想，时日还长。

电话也经常拨给母亲，问舅舅情况怎么样，要不要过去看看。王彩秀总说，你好好工作，就是对你舅舅病情最大的安慰！声音很大，既讲给启梁，也让卷王听出后继有人。

业务一多，会也多，这一点启梁不自觉继承了卷王的风范，经常在公司聚起一大桌人交代事项，宣布新的规定。月初发放工资和奖金，启梁叫出纳提取现款，装进信封，再把人全都召集，逐个发放，听他们每人回一句"谢谢徐总"。他坚信，这一定是老板强过领导的地方，所有的单位，工资都直接打卡了。

会议室挂了不少锦旗，启梁一直觉得怪异。以前他就知道医生经常得锦旗，大都写有"救死扶伤""悬壶济世"或者"妙手仁心"，搞不懂家政公司怎么也挂锦旗。他这样推测：帮别人做丧事也是为人民服务范围之内，但这事没有太多技术难度，也算不上急人所难，相反算的是买方市场。拿人家酬劳，银货两讫，死者家属不挑些毛病已是万幸，哪有送锦旗的道理？启梁不但分析，还找人去到别的几家家政瞄一眼，回话说人家没挂锦旗，要挂也就稀稀拉拉一两面，不像我们可以裱墙。启梁知道，唯一的可能，是舅舅自己心血来潮挂上去的。他找公司几个老人证实，却都语焉不详。开会的时候，看着那些锦旗，不免显出矫情和滑稽，也辣眼睛。一天正开会，启梁忽然想到，既然现在自己说了算，为什么不把这些锦旗撤掉？这倒是很简单，动手一拽一面，两分钟撤完，想来除了手感顺滑还附赠解压功能。但他忍住，开完会叫公司两个年轻妹子，嘱咐她俩小心翼翼把锦旗摘下来，像国旗卫士一样把布叠好。

正待动手，几个老人赶过来阻止。尤其是开车的老顾，嘴皮哆嗦几下，跟启梁说："启梁，你急什么，你舅舅毕竟还没走……"

"呃，好的。"启梁问，"你说说，这和他走不走有什么关系？"

"有句话说得好，人走茶凉……"

"他把公司交给我，明白讲过我可以按自己想法处理所有事务。"

"他是这样讲，但你是不是急了点？用得着这么迫不及待吗？"

"迫不及待……你是不是想说我盼着我舅快点去死？"

启梁平时话不多，声量低，此时一开口火力十足，谁想来道德绑架，他就直接把话敞着讲，把天聊死。这几个老人马上明白，启梁看似一个闷人，其实暗藏一股狠劲。

锦旗一撤，公司里最大一面墙腾空，重新粉刷过后雪白一片，看上去未免过于空荡。这怎么看都是企业文化的重要阵地，定然弄点有新意的东西上去才行。启梁把全公司肚里有点墨水的人凑一起,集思广益,看这墙上贴什么样的文字才好。他跟卷王不同,任何事都不白干,有悬赏,谁想出来奖五百。

赏额不高,反响倒也热闹:

"乐润家政,丧葬标杆!"

"护驾西行,交与乐润!"

"去天堂的路,有乐润陪伴,你不会寂寞!"

"乐润二十三年,上千人的口碑,将会加上你的口碑!"

……

启梁一看,眉头皱起,冲公司的秀才们说:"我把锦旗撤下来,就是要有不一样的东西,你们不要老想从锦旗上扒词。谁说的丧葬标杆……是不是可以简称丧标,香港片里经常有耷着脑袋的斜眼看人的丧标,是不是他? 护驾西行……我的天,这也想得出来,难道我们是杀手公司? 陪伴去天堂……只是帮人发丧,你们是不是也要跟着一起死? 那我们别叫家政公司,叫殉葬公司好不好? 每个人给自己的命码一个价格,我只抽水 10%。"

启梁骂得全场所有人笑声不断,只好停一停,接着问:"上千人的口碑……这上千人哪来的? "

提出这一条的是乐队的老付。他也是一开始就跟卷王打江山的老员工,见证了乐润家政的整个发展过程。他告诉启梁,这二十多年下来,他稍微估算一下,做过的丧事达到一千场以上。

"……一千场以上,就成了上千人的口碑,照你这么说,那是死人夸我们好咯? 你听得见? "

下面又一通哄笑。老付这人平时看电视都爱接下茬,现在硬是一个字回不过来。

否了一通,启梁最后还指出:"动不动就打感叹号,其实是你们要讲的意思没讲明白。"

这一番说道,公司的人便都明白,给丧葬行业拿个标语,最容易歧义丛生。也都看出来,这个启梁貌似憨厚,其实远比卷王刁钻,说话跟打机关枪一样。

贴墙上的话并不容易想出来,大家不想充当启梁的话靶子,再不干斟字酌句的事,安心于丧葬事业。

别人都用不上,启梁只能自己找。有一天他隐约记起在一本书里看到一句话,把死亡说成是一种学习,意思是好,原句是什么当然记不起来。他试了多次,自己拼凑出这样的意思,感觉总没有原句来得好。是哪本书,他始终记不起来。他有淘书的习惯,地摊上三五块钱淘来一本,闲时随意地翻翻,翻开哪页看哪页,所以根本不记得这一句夹在哪一本书里头。之后几天,回家翻找几次,这句话毫无征兆地被启梁翻了出来:一直以来我以为自己在学习怎样生活,其实是在学习怎样死亡。而且还知道,这是达·芬奇讲出来的。启梁便有感叹,这些最有名气的人,就能把意思表达得最简单又最清晰。找出来也就定下来,启梁去广告店,叫人用深蓝色铝塑板割出字型,一个个贴到墙面。下面也有一个引号,导出人名:莱奥纳多·达·芬奇。家政公司的人文化普遍不高,一看这名字竟是熟悉,知道是小时候画鸡蛋长大了画美女那个外国画家。公司为什么要贴这么两行字,一开始大家都有些蒙,进出公司时多看几遍,默念几遍,又纷纷说好,说这行字让我们公司显得比别的公司有文化。

字贴好不到半月,那天下午王彩秀电话打来,叫启梁赶紧过去。喘了口气又说:"今天没活对吧,你舅舅说,把老顾老齐老付老周都叫一下。他好久不见,也想见一面。"启梁不敢怠慢,把公司几个老人聚齐,开车赶过去。半路上顺手给了小欣一个电话,要她把女儿也抱过去。这时候,卷王最亲的人只有他们一家。

到地方,何老七先一步,倒不奇怪。再一看卷王脸色,一层青灰在失血的脸皮底下洇开,嘴皮眼眶都像被谁勾了边框。来的人互递一下眼神,都是专业人士,都看出来这分明就是一副死相,估计横竖出不了今天。卷王清理着喉咙里的痰音,挣扎出一丝微笑,喷吐出每个人的名字。眼球上已结起一层白翳,看人倒不至于混淆,被叫到名字的赶紧把手递过去,感觉是捏着一把棉絮。来的人围床站立,这架势便是给要走的人接气送行。上次与思婷见面以后,卷王内心似乎一直怀揣怕感,面

155

对最后的告别，竟像是小时候面对期末考试，有了怯场情绪。这种怯场，既是怕死，分明又是怕不死，死与不死，没法脆生生地一把拗断。果然，大家守候个把小时，卷王看似秒秒钟撒手而去，脸上表情不断涨潮，快喷发的时候，一口气又诡异地吊回来，脸上泛起一抹夕照般的血色。

"……这是情绪卡住了，进退两难。"何老七发话，"还是散了吧，不要围着他。"

公司几个老人都走，启梁也叫小欣把哭个不停的女儿抱回去。何老七并不离去，退到屋外，拣一张几乎散架的靠背椅在过道上坐下来，垂头一口一口抽闷烟。在这等待中，启梁扭头看向窗外，灰绿色的窗框框住何老七。启梁盯着窗框，何老七的悲伤在这光线和浮尘映衬下，有了油画色调。这也是职业毛病，丧礼现场，忙中偷闲时，启梁会拿眼睛找谁还在悲伤，大多时候，他在热闹的灵堂里找不出一个真正悲伤的人。有些子女使劲干嚎，哭到兴头手机铃响起，电话一接，这人往往像拧水龙头一样关停了哭声。舅舅已到最后时刻，场面虽然稍嫌冷清，至少有人真正悲伤。想到这一层，启梁相信自己的悲伤也来得真切，再加上床对面神情呆滞的母亲，算来也有三人为了卷王一同悲伤了起来。

卷王那口气始终冷幽幽地吊着。

王彩秀就着冰箱里的菜做晚饭，快八点，弄出三菜一汤。王彩秀叫何老七进来一块吃饭，问他要不要喝点，他一笑。卷王在床上幽幽地说:"加我个杯子。"王彩秀扭头问:"用不着这么急。"何老七说:"就加杯子,不加碗筷。"三个人,四个酒杯,也不好碰响,喝得无声无息。王彩秀三两下吃好,去守卷王,启梁和何老七喝了两杯,王彩秀便过来劝何老七回去,时间确已不早。何老七凝视一会卷王的脸色,又看看时间,九点刚过,便说:"我先回去眯上两三小时,后面有得忙。"

王彩秀也看出来,卷王是要给自己留足三天时间,娘俩在床两边等待子夜到来。过了十二点,钟声一响,卷王喉咙一抽又有声音。娘俩同时警醒,脑袋往床头一凑,卷王声音连贯起来。王彩秀凑近了没听清楚,换上启梁,卷王也配合着重复一遍,启梁大概听出来,舅舅是说枕头里掏一掏。启梁稍一迟疑,卷王竟要梗起脖颈,两人这才反应过来。启梁兜住卷王后脑勺轻轻往上抬,王彩秀伸手一掏,枕套里面是有东西,一拽就出来。是一个胶袋,里面装着纸,不用多想,除了遗嘱还能是别的什么?

卷王的遗嘱倒没有废话,一行一行分列清楚,更像是遗产清单。房产是留给思婷,公司让启梁接管,并不意外。还有一些琐碎,别人欠他几笔款项,陈年呆账,欠条都附在一块,能不能取回,看启梁能耐。还有几件什物别人取走,没写借条,但卷王都记下来。最下面一款,倒让启梁始料未及:他的丧礼,指定让何先训(何老七)来当把总,全面操办。

启梁目光秒变扫描仪,把这一款连刷三遍,喘气突然比舅舅还重。他将脸凑向卷王耳朵,不能再近,问他这又是怎么回事。卷王想说话,

157

却只有痰音。启梁又问:"舅舅,你的大事情我不帮你办,要找菊珍家政来办?"卷王嘴睁大,痰音渐息。王彩秀瞬间泪奔。启梁伸手去探鼻息,头皮又是一爆,舅舅这回真的走了。扭头一看墙上挂钟,十二点刚过七分。

母子俩稍微平静一会,启梁声音带有歉疚,说:"刚才不是故意,没想到最后的一刻,舅舅还要留一个悬念。"

王彩秀就说:"你舅舅倒不是想让你为难,是想找机会说一说,但这决定确实让他不好轻易开口……说白了,哪时候真的走,他也把握不住,没给自己留够说话的时间。"

两人将卷王遗容稍作整理,几张脸相对,卷王活时的模样很快变得模糊,遗容透着另一世界的气息。

启梁一边动手,一边还是要问:"怎么会有这样的决定?当初我爸要走的时候,他说过这丧礼非他做不可,起初我也是不答应;现在他是不是……"

王彩秀说:"怎么会呢,他把公司传给你,然后死的时候报复你?三加二再减十?"

启梁脑筋一转,又说:"是不是前面那阵何老七天天跟他在一起,话也说,去哪也陪着,何老七顺便拉一把生意?"

"他俩都是搞家政,何老七拉你舅舅的生意,怎么开得了口?一辈子的感情搞不好就归零了哦……反正,何老七绝不是这样的人。"

讨论无益,卷王遗嘱里为什么会有最后这一款,母子俩始终搞不明白。卷王经常说自己是死亡专家,最后把自己的死搞成一道谜。既然想不出来,王彩秀说:"只有把何老七叫来……反正,我们都是要按你舅的遗嘱办事,不是么?"

何老七正等着电话,很快赶来。遗体前面,王彩秀单刀直入开了腔:"七哥,他在遗嘱里作了个决定,你应该知道?"

"我不知道。"何老七把发蒙直白地挂脸上。

"真不知道?"

"我是何老七。"何老七把脸一抬。

这表情当然假不了, 王彩秀又问:"你能知道他为什么写这一条?你俩在一块的时候,他有没有说到自己什么想法,或者是心愿?"

何老七表情进一步沉重,努力回忆,末了还是把头一摇:"他说这样的事,只要他提起,我哪能记不住? 朋友不是这么当的,他肯定从没提过。"

问来问去,仍是一桩悬案。几个活人在屋子里静默,死人在床上静躺,要不把遗嘱上的谜题破解,下一步的事情实在不好入手。

何老七憋一会,发红的鼻尖沁出一点点毛汗,才又开腔:"……会不会是这样:他把自己的大事让给我管,那么,应该是想由我出面,把县里几家家政公司全都找来,一块操办他的大事。这才是和他的地位相配套的规格。你们想,要让启梁牵头,肯定只是你们一家办理。想来

159

想去,卷王的意思无非是在这里。"

"这个意思以前有没有跟你讲? "

"没讲过,现在人走了,我只能是猜一猜。"

"那以前有哪个把总的大事情是让几家公司合着办的? "

"没有,真还没有。要有的话我何必猜来猜去,直接就是这个意思嘛。"何老七咥了一口气,又说,"但他是卷王,很多事情都是他先想出来,也是他先干出来。我敢说,有他开这个局,以后别的把总办大事,都会按这个规格来搞。"

母子又互觑一眼,于情于理捋一把,何老七的解释倒无疑是通顺,卷王走的时候再领一把行业风气之先。不得不说,关系有亲疏,血也浓于水,但人与人之间到底谁最了解谁,看来只有天知道。

何老七又找了城中另外两家家政的老郑和老牟,他们都是第一时间接听电话,听说卷王走掉,各自哦了一声。说话时,何老七把遗嘱上的条款自动改一改,直接说卷王希望我们几家一块把他的丧事搞起来。老郑老牟都痛快回应,说这是必须的,这就赶过来。

王彩秀已将卷王面容作了一番整理,何老七并不知道,走过去忍不住又有了一阵摆弄,让死者贴近自己记忆中的样子。他并不是殓师,但在这一行混得太久,相关的活计都能上手。启梁候在一旁,何老七问他丧礼预计是多大场面?启梁略一停顿,还是说:"既然七叔管事,你说了算。"何老七正把卷王嘴角捏得略微向上翘起,自己的嘴角不自觉也向上努,并说:"既然四大班子凑齐,一块办事,这就已经足够热闹,用不着刻意搞出什么大场面。"启梁点头称是。何老七话还没完:"我记得清楚,那一年你爸走的时候,大葬夜你舅当主持,搞得尤其热闹……当时是不是感觉有点怪?"启梁把那晚的事情从脑子里翻出来,一幕一幕格外清晰,说:"不但有点怪,简直是邪门。那天晚上七叔也上了台,拉二胡。"

"你舅叫我,我肯定要去。"何老七又说,"知道当时我有什么感觉?"

"你说。"

"我感觉卷王不是一般投入,简直完全投入……知道吗,当时我挨他近,老觉得他像是被什么附体一样。说句不该说的:那一晚,他像是提前给自己发了一回丧……"

启梁内心一震,没想到一些自以为非常隐秘的感触,竟然完全跟他人相通。但他不作回应。他现在当上把总,懂得如何控制自己的情绪。

稍后一会,老郑老牟都已赶到,启梁和母亲迎接,程式化地寒暄起来,商量接下来的事情怎么搞。乐润公司的人也来了一些,一场丧礼已然有条不紊地进行。启梁进一步收敛情绪,调出工作状态。他知道,舅舅的离去,固然悲伤,但操办丧礼只是自己的常态。要从悲伤中抽身,进入工作状态。只要进入工作状态,那这也只是职业生涯中寻常的一天。

突如其来的一切

占文开车去往郊区，一路听的都是十多年前的歌。车开至一段施工中道路的尽头，前面是一片菜地，仍然种菜，沤肥气味四溢。他下去拍些照片，拍道路和菜地间仓促连接的那条缝隙。结婚的到来，跟占文从前的想象完全不一样。以前，当他还是少年郎，身体发育，开始暗恋女孩并憧憬未来，以为婚礼应该是、必然是、一定是人一生的高光时刻；从筹备到婚礼正式举行，之间必有一整段幸福的时光让人沉浸其中。事实上，这一阵家里矛盾集中爆发，他和碧姗，碧姗和父母，父母和他，当然还有碧姗的父母幽灵一般缠杂其间，像集束炸弹在他头皮反复爆炸。占文每一天东扶西倒，左支右绌，心惊肉跳。稍有空隙，他油门一踩就去往郊区。其实郊区也变了味,他找不见以往城市与乡村之间自然生成的过渡地带,但因基建施工,郊区断头路特别多。最近,占文热衷于拍摄各种道路的尽头。按说所有的道路应该都是连通的,都是通向北京或罗马,事实上,郊区很多路会突然中断。占文拍下这些尽头,发到 QQ 空间,没什么意义,占文自己喜欢。稍后占文又在空间发图,九格缺两格,取消对称,然后车里发呆。又想到结婚在即,桩桩件件的事情待办,记事本里逐条画线,此时的发呆显然不合时宜。

正这么想,电话就响,占文默认这电话是重要的。拿起一看,四人标注为"推销"。此前看到的标注都上百人,至少数十,以致他一直以为十人以下的标注不被显示。电话一接,女人的声音,似乎被人秒掐成习惯,语速较快。她介绍自己是"大地红婚庆公司"业务经理,名叫邱月铭。"……铭记的铭。"她强调。

这段时间数家婚庆公司打他电话,不出意外,婚姻登记时泄露了信息。占文并不奇怪,在他看来,不泄露的那都不叫信息。此时他愿意多听邱月铭说几句,只是因为他不想假装忙得气都喘不匀。

"我俩小学同级不同班,肯定见过。我现在换了名字。读小学的时候叫邱碧英,土不土?但我主要认为,碧是个脏字,碧英读快了听着像是病,太不好……"

"呃,这个字用得很多啊……"他想起自己未婚妻,碧姗。

"字是常见字,而我有不少忌讳,像得了强迫症。"

"认真的人才容易有强迫症。"

"戴先生,你是个善解人意的人。以前读杜田小学,每次元旦晚会我都跳舞,每次都是我们133班的领舞,有印象吗?"

他再次回忆。小学时元旦晚会是女孩们的天下,每个班至少奉献一支舞,每支舞都会有领舞。那时候跳舞的女孩扑腮红,眉心点印度痣,他没法从大同小异的妆容中拎出单个的谁。

"那你至少认识邱世高,我是她妹妹。"

邱世高他没法不认识。以前杜田小学周一早上升旗,记大过和留校察看的学生会被拎到主席台示众,除了校长和老师,邱世高上台次数最多,神情自若,所以绰号就叫"校长"。在杜田小学里,既要认识校长也要认识邱世高,谁若不把邱世高当成校长敬着,那将是一种潜在的危险。

那时候占文闷声不响,是最不敢惹事的小孩。越小心越撞鬼,他读三年级,一次走到学校后门酱油厂,一堆高年级学生坐在地上,围成一圈。占文凑过去看,地上有凌乱的扑克,还有皱巴巴脏兮兮的毛票。他知道这是打牌,头一次见到牌打完一圈,你把钱给我我又给他。他忽然想到这是怎么回事,嘀咕一声"赌博噢"。

正要走,后面一个声音把他叫住。

"你刚才说的什么?"等占文扭头过去,那人又问,"你是哪个班的?"

164

这时占文看见一张熟悉的脸，首先记起他的绰号，然后才是名字。他知道自己今天撞邪，惹上不能惹的人。他闭上嘴，头脑中浮现思想品德课幻灯片里映出的铮铮铁骨的革命烈士，让嘴巴闭得更紧，没想邱世高并不作出下一步的反应。邱世高牌一打，几乎忘了占文的存在，只是占文慑于"校长"威名，竟不敢擅自离开。那一圈牌，邱世高当庄还赢了不少，正把毛票一张一张抻平。旁边小孩提醒他："这个小屁股，你打算怎么教训他？"邱世高蘸着唾沫点数，头也不抬："现在知道闭嘴了？以后也少管闲事，懂吗？"占文赶紧应了一声。

　　邱世高又说："快滚蛋！"

　　那年冬天多雪，教室没暖气，每个小孩提火笼上学，成天捂着以防冻疮。一天中午，占文走到薛家巷过街天桥下面。一个正玩雪的小孩扭头看见他并说："你站住。"占文认得他。

　　"我认得你……"与此同时邱世高努力回忆，"那天我从桥底下走，你站在桥上面两条腿跨开，让我钻你裤裆。"

　　"不是我干的，我只是看过你和他们打牌。"

　　"是的，你看过我打牌惹了我输牌，所以我有必要惩罚你。"邱世高似乎很开心，把占文拽到路边雪堆前，捏一把雪。

　　占文辩解："但当时你赢牌了还赢钱。"

　　"赢牌了啊，那就请允许我要惩罚你，要是你不捣乱我会赢更多。"那一坨雪便从后领子灌了进去。

占文想挣扎,同时又在安慰自己:这算什么呢?小伙伴嬉闹也会相互灌雪,不但灌进衣服领口,有时候还灌进裤裆,所以很多小孩都知道,身上最不抗冻的地方是小鸡鸡……占文忍耐着雪块在背心融化,等着邱世高再次地说,快滚蛋。这一次,邱世高却说,"不行,这显然不够"。他身边有个小女孩,在雪堆里抠抠巴巴,挑出一些没被浸脏的雪块捏成球。"她是我妹妹,正在给我捏子弹。知道吗,等下我有一场大仗要打。"邱世高跟占文介绍,那一刻他忘了占文正被他施加惩罚。邱世高问那女孩:"有没有带玻璃瓶子?"

小女孩随手掏出一个。玻璃瓶小得不能再小,本是装青霉素钾粉剂的药瓶。医院上班的人都搜集这瓶子的胶盖钉搓衣板,瓶子洗一洗成为小孩的玩具。有这种玩具的小孩会变得大方,到处送人。"瓶子里装上雪,烧开!"邱世高吩咐。小女孩照做,把雪灌进小瓶,摁紧,再灌,再摁,将小瓶放进火笼。小女孩的火笼是篾壳的。学校里最常见木格火笼,也有铁皮火笼,篾壳的最舒服,但很少见到。雪很快变成水,发出微弱气泡音,占文却听得清晰。他意识到这是要干什么,他在电视剧里时而看到,当国民党反动派抓住地下党,会用烙铁烙人家胸膛或肚皮,嗞啦一声,皮子焦一块,人晕过去。他隔着电视屏闻见父亲烧猪蹄子的煳味。用不了多久,玻璃瓶里的水沸腾并溢在火炭上,发出另一种声响。小女孩在地上找出两根小竹棍,将小瓶夹起。

邱世高拍拍占文的肩:"把手张开。"占文拳便攥紧。

"你想打我？"邱世高感到不可思议，捏了捏占文的下巴颏，捏着捏着就掐一把。占文发现自己竟不敢叫出声。

这时女孩挤到两人中间，要占文把手张开。说着她又凑过来一点。占文见她嘴唇在动，反复几遍，他才发现她是用唇语告诉自己，"不烫"。他颤抖着将手摊开，有点难为情，但事实如此。小女孩故意将瓶举高，让瓶里的水变成细细的线条缝进占文右手掌心，占文那只手掌便一点点摊平。刚才，他明明听见水沸腾的声响，现在，水果然不烫。

邱世高把捏好的雪球装进书包，问小女孩弄好了没有。小女孩说都倒他手上了呀。邱世高看向占文，占文便用痛苦的表情应对，换来邱世高满意的神情。他又交代占文："我俩走到那个路口，拐了弯看不见，你再数十个数，才能走。懂吗？差一个数不行，数快了也不行。"占文悬着一只手，盯着邱世高和小女孩离去的背影。小女孩忽然扭头，冲他挤了挤眼。对于这次"惩罚"，占文虚惊一场。此后他一直记着：小女孩那片眼神让"惩罚"成为彻底的反转，成了他俩合谋把邱世高捉弄一回。

"……你在听吗？"

此时，邱月铭正介绍她们公司，讲到某位主持人在业界分量。她很少碰到像占文这样专心听介绍的人，忽然有了怀疑。

"在听。"占文掐断自己回忆。那片眼神晶亮地一闪，旋即消失。

"再跟你介绍一下我们公司的收费情况可以吗？"

"价格表有吧，你直接发个短信给我。"占文拧着钥匙打火，车载音响几乎同步飙出粤语歌曲《难得有情人》。

　　虽然即将结婚,碧姗心情一直不佳,占文只能每天绷紧神经。他偶尔跟自己说,既然状态完全不对,是不是不要急着结婚? 碧姗怀了小孩,婚期又早已敲定,占文总是及时掐灭心里那层疑惑。他告诫自己,面对日常生活,也需要一种坚定、强悍且略显麻木的脾性。到了三十四岁,他切身体会到结婚不再是他一个人的事情。毕竟,他从未打定一个人终老的主意(主要是他从未有过这么长远的个人规划),到这年纪依然独身,莫名的压力就一直缠绕。

　　碧姗本是在市液化气公司城北仓库当记账员。一个月前城北仓库突然关闭,所有人员待岗。碧姗忽然不用上班,心情不好,一如她天天上班时,心情也从没好过。占文想把话往好里说:"你看,我俩要结婚,单位就给你放大假……"碧姗睃他一眼:"放大假? 我失业了。以后你养我,养得起吗?"这倒是不可回避的事实:城北仓库大概率不会恢复,待岗就是失业。领导们擅长把一样的意思搞出许多种讲法,视具体情境千变万化;听的人,从千变万化里提炼出唯一结果。

　　"过日子还行,反正房子是现成的,吃饭穿衣……"

　　"又说这些废话……你讲话越来越像你妈,难道你没发现?"碧姗又说,"好,就算我相信你。但以后生活质量要有下降,或者你对我态度稍有变化,别怪我什么都做得出来……"

占文稍有不爽，经验告诉他收口，一时没忍住："那你要怎么做？"

"我就去……卖！"甫一出口，碧姗知道自己说话过劲，嗤一声先笑出来，一笑遮百丑。占文一再告诫自己，毕竟大她十岁，讲话方式不一样，不能介意，要把她当女儿。

跟碧姗来往之前，占文结识过两三个女孩，虽然也有亲密，也有小别之后彼此身体焕然一新的体验，但相比书本与电视里的爱情，他感觉自己遭遇的一切总那么不痛不痒，从未像影视剧里那些男女连篇累牍地度日如年痛不欲生……毕竟，世界上有那么多人，怎么确定就碰到生命里的唯一？占文一直认为，那是极小概率事件，而大概率，则是最适合你的人，生命里的唯一，根本没机会碰到。既然不可能碰到唯一，那爱情又是什么，难道就是错过？占文琢磨这些事，经常以脑子一片瞥乱。

父母催婚时眼神日渐有了厌弃，占文也反复自省，和朋友圈里几个花心萝卜，诸如于化田、欧涧梁等人一比，明显是有区别。一直以来，不是他抛弃了谁，也不能说对方移情别恋。彼此相处总也找不到恋爱的感觉，无疾而终；或者性格反差太大，凑一起简直冤家聚头，思前想后，分手才是一锤定音的选择。这十来年，父母认定占文已经多次恋爱，同时也认定，儿子半条腿跨进了婚姻和生育；没想每一次，儿子自行宣称，两人关系突然清零。一次两次，可能是别人的原因，事不过三，占文分明已是惯犯。父母一辈子只进入到对方的身体且以此为荣，以

169

此作为家里面最重要的道德遗产。两老始终毫不动摇地认为：搞女人只能付出婚姻，若不然，付钱是嫖，不付钱是骗，声称付出感情却没变成夫妻，那只能叫尔虞我诈，互相骗。十几年前，别说占文搞了女人不结婚，他俩都不会相信占文看过毛片。

母亲多次跟占文放话："你既然不打算结婚，出门不要招惹妹子。再这么搞下去，我都没法见人！"亲生母亲率先认定儿子是流氓犯，占文倍感压力，但这事的确无法跟父母交流。

占文回家都怕进门的时候，得以认识碧姗。这时机端的正好。

那次，占文赶去全市最偏远的岱城参加高中同学杨旸的婚宴。他提前一天赶到，参与杨旸接亲，过一把闹新娘的瘾。碧姗是杨旸的亲戚，接亲队伍里两个打马灯引路的女孩之一。具体什么亲戚，碧姗始终没讲清楚。到她们这年纪，亲戚关系变得可有可无，小时不交往，大了不串门，不如朋友和闺蜜来得重要。只是婚娶丧葬时，血浓于水的老调重弹，亲戚们必须凑一起。在婚礼中打马灯，必须是未婚女孩，甚至据说最好是处女，但这一点现在难以落实。占文注意到，打马灯的两个女孩，碧姗更漂亮一些，仅此而已。接亲的时候，一帮同学竟然都缺乏经验，没人起头发狠，没有过关斩将的能力，被女方亲友团全程打压。杨旸打出的红包比原计划多出一倍，才将新娘弄上花车。

返程时，有人把占文和碧姗塞一辆车。两人都没多话，挤挤挨挨坐两个多小时，不吭声难免尴尬，总要聊上几句。两人就这么认识，互换电话号码,占文知道她还在读书,是个学生。杨旸婚礼一散,两人没再联系。

吃过杨旸儿子周岁筵以后,一天中午占文去新开张的芒果影院看电影。正觉售票的妹子有些眼熟,那妹子一抬头准确叫出他的名字。他想起来,是杨旸那个关系不详的亲戚。碧姗成绩不好,初中毕业读五年制幼师大专班,在县里一家私营幼儿园找到工作后,才发现自己害怕成天带小孩,把屎又把尿,钱不多压力大,家长还老疑心阿姨虐童。碧姗辞职,跑来市里随便找一份工作。那以后占文看电影频率猛增,摸清碧姗的排班表,每一回去保准见到她。两个月后,即使不看电影,两人也经常待在一块——就像大多数恋人,按部就班、顺理成章且平淡无奇的开始。只是,那想象中恋爱的感觉,是不是到来,占文依然吃不准,他以为不该是这样轻淡的滋味。有时候,他也归咎于自己的矫情,会反复甄别情绪的浓度,感觉的质地。在这腹地五线城市,哪能承载下影视剧里才有的爱情?

某天中午,在一处新开张的商业城,两人一块吃刨冰。舞台上有表演,小品看得让人直泛鸡皮疙瘩,土模特的时装展演却令人喷饭。在他们身旁,有人利用临时摆设的几处微缩景观拍婚纱照,看着不免寒碜,但那一对脸皮黝黑的新人脸上的确挤满了环游世界的喜悦和自豪。

占文和碧姗原本当那是一个笑点,看着看着, 慢慢竟涌起感动。"他俩结婚,老天爷附赠了亲子鉴定……"占文嘴皮忽然一痒。他说话带损,平时能忍,酒一喝就开始发挥,晚上朋友们就喜欢让他开口,营造气氛。碧姗没反应过来,占文又说:"小孩一生,皮肤雪白,肯定不对劲。"

"他们可能都不知道亲子鉴定这回事。你没看出来,他们其实很有夫妻相,找对人了。"碧姗目光从那一侧抽回,甩到占文脸上,"你从来没跟我讲起结婚的事。"

占文不语。

"也许你还没这打算,但我想问问你,愿不愿娶我。"碧姗一笑,"既然是我先提出来,按说不能对你有要求。但是,如果你愿意,就要先给我找一份工作。"

"你不是在卖票么?"

"是工作,不是打工,别给我装糊涂。"碧姗的意思是相对稳定的工作,只要自己不犯错,老板不能自己心情不好就迁怒于人,甚至直接叫你滚。

占文反应了一会,才意识到碧姗已主动提起结婚,意外,也突然有了感动。碧姗一直给予他这种突兀感,时而摸不着头脑,但那种简单直接也经常触犯发他内在心绪。她将要求摆明,不逼不迫,然后再摆出听凭发落的模样。两人对视一会,几乎同时绽露出笑容。不远处,那一对黑皮黑脸的新人拍至接吻情景。摄影师示意他俩嘴凑一块,两人嘴皮一粘还没完,男人单刀直入搞起舌吻。摄影师猝不及防,打了个暂停手势,"嘴巴皮碰一碰就好啦,拜托。"他俩无措地面对围观者嘲笑的嘴脸,尤其女人,现出哭相,将男人抱紧;男人抱着女人,惶恐、无助又警惕地盯着围观的所有人。

此后,占文不得不集中心思考虑此事。回想碧姗主动表态,他感谢她的痛快,思来想去,他也愿意做这交换。十年前,他不会理解"交换",直到现在,所有熟人都认为他再不成家就不正常的时候,她主动提出嫁给他,尤其重要。而且,她提的要求搁在他家里不算难事。

占文母亲混到处级,在市里算得上人物,叫占文把碧姗带来见面。见面时,母亲却又面无表情,本以为儿子是个挑剔的人,挑到最后似乎还不如不挑。她也知道,此时儿子没多少选择余地,而且难得他愿意结婚。关于找工作,母亲几乎是一个电话搞定。她问液化气公司熟人,对方回复,可以先行安排去仓库。对于这种专营公司,碧姗认为靠得住。进到里面,是当合同工还是给编制,母亲有了犹豫。但她主动跟朋友说,先签合同。她跟占文这样解释:"你们毕竟还没结婚,是不是……防人之心不可无。婚后,她把小孩生下来,到时再看要不要弄一个编制。再说你也不能一下子把底牌漏光,先跟她说只能签合同,看她什么态度。"占文还是意外,母亲平时说话绕三绕四,偶尔又直白得令人猝不及防。他问:"你是不是要看碧姗生儿生女再作下一步打算?"

"占文,我知道你是直性子,但当得拐弯也要拐弯,能沉住气时,就不要急着冒泡。"母亲神情陡然焦灼,"你是想着坦诚以待,想着给人家最好的,这没错。但工作要我去弄,老脸要我去贴。我纵有再多不是,也是你妈,改变不了,你不能不相信我。"

每一次,母亲显露歇斯底里的征兆,占文只能把嘴闭上。流水的老婆铁打的娘,他只能听从母亲安排。但这也留下隐患,碧姗去城北仓库上班,同事很快向她透露:以谢主任的能耐,让儿媳当合同工显然不够。母亲当然不承认,摆出各种理由且言之凿凿。那一阵,碧姗只有跟占文闹,每天不停地闹。闹狠了,占文牙一咬,为结婚他也打算好在碧姗面前服低作小,但有限度,婚姻一辈子的事不可能跪求到老。占文一股尿劲上脑,终于敢跟碧姗说分手。这时,碧姗偏就有点狗血地发现自己怀孕。她不知道哪天怀上的,她没想好这事,跟占文说要堕胎。那天占文陪碧姗去堕胎的路上,可以打车,碧姗偏要走路去。两人一前一后,抄近路经过一条冷巷,碧姗忽然转身,一脸凄迷不舍。占文赶紧上前两步,问这又怎么了,碧姗抱紧占文,嘴巴贴他耳廓,说自己决定结这个婚。

那一刻占文眼泪唰地下来,暗道:"他妈的我的恋爱我的婚姻到底哪个狗日的写的剧本?"

这天周末,距婚礼整一周,占文脑子措置了倒计时。

一早碧姗又发火,又跟占文提起房子装修的事。

两人决定结婚以后还照住占文家私建的小楼,但碧姗想着把屋内

174

重新装修一遍。新房新房,必须是新的,这也没毛病。占文跟父母商量,父母却觉得不合适。家里房子三年前整装花一百多万,档次能达到本市天花板,现在九成新是有。整体重装毫无必要,如果占文住的那一层重装,要是风格跟以前统一,仍无必要;如若风格不统一,住一栋楼也像是分了家,那就花钱还让外人看笑话。再说,重装一遍,孩子出生以前是不可能住进去……

占文两头传话,受尽夹板气。碧姗就说:"是啊是啊,只要你妈一开口,道理全都在她那里。"又说,"你也三十多岁,我怎么感觉你离开你妈就没法活?"当时还没有"妈宝男"这说法,碧姗就这意思。占文也不好回嘴,他不知道自己是否离得开母亲,但他确实从没考虑过离开。

隔几天,碧姗父亲灰着脸过来,认为占文一家趁碧姗怀孕欺负她。碧姗父亲咆哮一通,经占文母亲耐心的解释,稍稍歇火;再到家中一看,也认为房间暂时不动为好。双方家长意见一致,碧姗只能少数服从多数,此后经常跟占文提到这事。这事已沦为碧姗迁怒于他的通用理由,所以,占文每次必须找出真正的原因并加以解决。

今天碧姗咆哮时,占文认定跟她两个闺蜜有关。碧姗朋友不多,闺蜜大概就这俩:小学同学田小烨和初中同学杨晴雨。她俩都跟碧姗好,但她俩单独不能见面,三人凑一块时,碧姗不断吃受夹板气。平时两闺蜜岔开时间找碧姗,避免撞面,减少事故发生。现在因婚事临近,她俩只能一块儿来。本来说好不添堵,但雷管撞上炸药,哪有不爆的道理。

昨晚占文带她们涮小龙虾,话题只能是如何给碧姗当伴娘。就这俩闺蜜,伴娘凑成一对本是没问题,她俩主动表态,只要新郎新娘合得来,哪里要管伴娘合不合,定当尽释前嫌,尽职尽责当好伴娘。主观的态度解决了,客观条件又成问题:她俩身高完全不搭。杨晴雨比田小烨高出一头还有多,凑一块确实不像一对伴娘,倒像老动画片里没头脑遇到不高兴。涮锅时两人话往下讲,慢慢地语带讥诮,都想对方主动放弃当伴娘。杨晴雨想换个高个跟自己搭,这样更显婚礼的端庄和体面;田小烨想换矮个,绿叶红花,衬托个子原本也不高的碧姗。田小烨说:"两个高碧姗大半头的往身边一站,倒像是押着碧姗受审。"杨晴雨回嘴:"舍己为人衬托碧姗的想法值得表扬,只是矮个凑一对显然衬托不起来,一般凑足七个才能看见效果。"

　　这样的争执,占文难以置喙,随着争执加剧肉还多点几盘。晚上闺蜜三人偏又不肯分开,挤一张床,占文只能在楼下睡长沙发。今天早起,占文去外面买早点,打包带回家,占文摆出笑脸再拍开门,碧姗的脸却塌了下来,"什么破床不换一换,睡觉都有人滚床"。骂完了床,接着又念叨房子装修的事,她说结婚后住这里也是过旧日子,这屋子一股霉味。气没撒完,碧姗还说自己结这婚全是被肚里孩子逼的。早知如此,那天就该把孩子打掉……

　　占文心下明了,将早点拎进屋内,观察那两女孩。田小烨左眼镶一圈黑框,而杨晴雨右脸以及脖颈有几道抓痕——很明显,掉下床不会弄出这样的痕迹。

这时电话一响,占文一看号码,想起昨天和邱月铭约了见面。她说人已在长线局后门。他家离长线局后门大概两百米。这一带都是单家独栋私建房,楼与楼之间密布巷弄,拐几个拐才能上到主路。电话里不好指路,占文出去接人。拐过最后一拐,那女的站在四十米开外,上身墨绿色枪驳领半长风衣,头发短至耳垂,是中年妇女特有的稳重干练。他往前几步,确认她是当年那个女孩,除了模样依稀套得上,还有眉眼间那一片明亮的眼神仍在。她跟自己同届,按说也是三十四岁左右,那么,她纵然算得漂亮,并不比同龄人显年轻。她看见他,招一招手。他注意到,她左手挎的包特别大,路上捡到小孩也可以拎起来扔里面。

"吃饭了吗?找个地方边吃边说?"

"吃过了……你家里有事情?"

邱月铭想跟碧姗见面沟通,婚庆的生意,女主拍了板才算拿下。占文不免支吾。她便问:"有什么麻烦跟我说说。结婚你是头一次,我呢一年到头都在干这事,算专业人士。现在,什么事都要相信专业,要不然,你以为天大的麻烦,摆我这里可能就不是个事。"

看着她眼神,占文相信她是擅长沟通的,心内咯噔一响,把伴娘的事讲一讲。邱月铭没听完就笑,问为什么就她俩当伴娘?占文一愣。她接着说:"多找两个伴娘就行,个头嘛介于她俩之间,两个人的身高差被四个人分担,这样每个人都不突兀。"

"可以是四个？"

"伴娘只要是双数就行，甚至有钱的摆排场，伴郎伴娘越多越好。娱乐新闻里那些明星结婚不就这样？"

顺着这话，占文头脑立即生成画面：一排四个伴娘，杨晴雨和田烨左右各在一头，中间隔以安全距离。同时心里嘀咕：为什么此前老以为伴娘必须是一对呢？不光他，碧姗和闺蜜都这么认为，原来这就叫经验不足。他说："她们还在闹别扭，等下把这个跟她们讲一讲。"说的时候，占文已经前面带路，两人进到对面巷弄。

门拍一下自己开，碧姗正给杨晴雨梳头，田小烨坐在屋子对角，把便当盒底的那点汤汁吸得山响。她们都没理会有人到来，或者懒得理会。

"各位小美女……"邱月铭主动打招呼，待她们都看过来，接着说，"我是大地红婚庆公司的业务经理，也是戴占文的小学同学。"

杨晴雨说："小学同学还有联系？几十年老交情啊。"

"同学聚会碰一下头，平时不联系……"邱月铭撩头发时，眼角朝他一瞟，电光石火般的。这种应急说法往往脱口而出，大多数人默认配合，偶尔碰到一个实事求是的，只能小有尴尬。

占文说："是我请她过来。别家我不熟，我同学这个公司，婚庆在全市做得最大，还有最有名的司仪，叫……"

"路伟，另一位也有名，叫邱宇扬。"邱月铭及时纠正，"我们公司婚庆做了五年,规模在全市排前三没有问题……"

"邱宇扬啊,他不是主演了《世界的后花园》?"田小烨左眼黑圈迅速扩大。

"那是台湾的邱宇翔好吧?邱宇扬是这里婚庆司仪好吧?"杨晴雨可不会错过这时机,"主演《世界的后花园》……只有你会以为,全世界的明星都围绕在你身边。"

田小烨脸皮一僵,吸管嘬出响,汤汁已一点不剩。

"我们公司的一大特色,婚纱和伴娘装一直做得最好,款式一应俱全。"邱月铭从挎包里掏出两本八开大小的册子。占文这才搞清楚,她挎包何事这么大个。所有女孩拒绝不了衣服,也拒绝不了图片。册子铺在两米宽的床上,每一页都很厚,翻页声音既清脆又低沉,仿佛对应着服装的质地。

占文又接了电话,物流公司打来:铁艺的秋千椅到了。前不久他跟碧姗在家具城看到那玩艺,淘宝上找一找同款,能省好几百。

"你忙你的,有我在这里哩。"女孩都在看图,邱月铭冲占文一笑。那一刻,很奇妙地,他忽然觉得,如果自己是三个女儿的爸爸,那她只能是她们的妈。

物流要货主雇三轮车去西郊一个物流园,到地提货,物流公司要占文支付八十块钱运费。他分明记得是包邮,对方不认,让那边客服跟这家物流总线打了电话,才将东西搬上车。本地物流公司尚处于无序

179

竞争阶段,经常明目张胆向顾客诈取包邮货物的运费,时而得手;若被戳穿,便用鼻孔回一句"搞错了",万事皆了。

三轮车把东西搬回家,已是下午两点。占文推开门,几个女孩玩枕头大战,鸭绒满屋子飞。邱月铭已把这一单生意拿下,刚才听见短信提示音,应是她发过来的。摆平这边,她还要忙别的事。占文暗自松了口气。

晚上邱月铭又打来电话,商讨服务项目和具体费用。她们公司可对整个婚礼大包大揽,除了不能找人顶替新郎新娘,别的环节都有相应规格和定价,客户按实际需要拉菜单勾选。两人大概敲定一系列服务项目,邱月铭迅速切换工作模式,首先和占文讨论接亲的安排,她可以提合理化建议。从接亲开始,婚庆公司将全程介入,摄影师抓拍相关画面。她又说:"如需要,我们可以安排一个婚庆导演,给接亲过程多一点仪式感。仪式感这东西有点超前,但拍下来当资料,以后再看很有效果。"占文认为不必太麻烦,接亲的气氛要在可控范围。闹新娘惹出的事故层出不穷,网上晒出各种穷形尽相的照片。

"既然怕麻烦,你就用不着安排车队去岱城接亲。十来辆车,单趟四五个小时,来回十多小时,非常麻烦。"

"合不合适?"

"经验之谈,接亲距离越短越好。何况你家那个怀了毛毛……四个月了吧? 去哪里接,两家商量确定就行。"

占文心里划算,到那天十来辆车来回十几个钟头,而且大都是夜程,途中稍有闪失,婚礼刚开始便蒙上阴影⋯⋯他跟碧姗商量,碧姗联系了父母,最后考虑一个折中的方案:接亲地点安排在两地中间溶江县。碧姗大姑在那开有家庭旅店,女方亲属提前入住,这边出车去接。六十公里,单程一个半小时。占文回话给邱月铭,她沉吟一会,说既然女方同意不从岱城出发,不如一步到位,直接安排在本市的酒店,半小时以内车程最佳。占文说女方已经为男方着想,不能太俭省,既然已说定,不好再开一次口。邱月铭说:"多一个小时路程,来回就多两小时的麻烦。"占文说:"你先前也说过要有仪式感,现在这路程长短也是仪式感,五六个小时太远,半个小时是不是太近了点?"这一下邱月铭接不了茬。占文便得来一个印象:她毕竟把这当生意,会提各种建议,最后都是自己斟酌拍板。

一周内,占文跟邱月铭每天都有电话联系,商讨各种细节。她不厌其详,还发来各种冷知识,比如怎么组建接亲车队,怎么选车,竟然都有说法。车的颜色不能全黑,也不能全白;花车(主婚车)普遍选用红色,但在婚庆公司看来黑色白色更佳,这才好给车头配玫瑰花盘;车队里若有奔驰就不能有大众桑塔纳,反之亦然,两者相配谐音"奔丧",大忌;花车车牌号末数为 1 的不能用,8 也不能用,更不能用 88,最好选 2⋯⋯

占文已抱定态度,不可不信,也不能全信;稍有讲究,是仪式感,样样讲究,那叫自找麻烦。

婚礼定在"五四",既有假期又逢青年节,扎堆结婚成为必然。

三号中午,占文让朋友将碧姗及四位伴娘送去溶江。大姑热情,已在自家院内张灯结彩,店名也讨喜,叫"喜福旺"。邱月铭规划好时间:接亲车队凌晨两点出发,接到人以后五点返程,七点前抵达市区。

在这小城混到三十多岁,占文必然积累了一票朋友甚至是兄弟,他要结婚,朋友也抢着帮忙。占文按邱月铭给的那些说法,选够十二辆车,司机不另找,各开各车。帮去接亲的朋友当晚六点半单独开饭,他们选择夜市摊,在那里一直待到出发。占文陪一阵离席,去订酒店房间——也是邱月铭提的醒。她注意到,外地赶来的亲友、同学计三十余人,有的会带亲属,两人一间算,至少预订二十间房才够。平时不用订,但"五一"假期要考虑扎堆结婚的因素,此外会有一些游客赶来。"五四"那天,据说市里还要搞几场活动。各种因素叠加,酒店说不定紧张。占文一问,举办婚宴的河岸酒店剩余房间果然不够数,另找一处酒店,才将二十间房凑齐。占文赶去交付定金——依旧是邱月铭提醒:市内大多数酒店信誉度并未建立,如果到时人多,他们坐地起价,预订没交定金的房间哪有保证。

稍后还要和司仪先见上一面,司仪预设一些环节,准备一些问题,提前沟通。"……婚庆时问答环节,具体问题需要结合你自己的情况,商量以后才好定下来。"邱月铭的语气毋庸置疑。现在,占文了结一件事,只需等邱月铭下一个电话。要不然,这一晚桩桩件件的琐事难免乱成一团麻。

赶回河岸酒店,邱月铭身边只能是司仪。占文走过去,他俩迎上来,司仪腿脚竟有<u>些</u>不利索。

"看出来了?就是我哥。"邱月铭说金牌司仪路伟被人约走,给占文这边安排的是邱宇扬。占文哪曾想到,邱宇扬就是邱世高。一晃二十来年,邱世高的样貌简直大变活人,若是马路上碰见,占文顶多有点眼熟,很难想起他是谁。邱月铭稍有紧张,显然,她发现占文已经注意到那条腿:"我哥控场能力,一点不比路伟差。"

占文倒觉有意思,记忆中那个坏小孩,现在干上了婚庆司仪。他印象里头,当年打架狠角、江湖大哥,现在大都在南边街一带摆烧烤摊,以便将多年的江湖地位转变为账面流水。邱世高怎么突发奇想,独自当上司仪?小学时他经常上主席台,难道控场能力那时候就得到训练?占文又想,不管怎么说,邱世高必是全城唯一腿脚不利索的司仪,他能不被这个行当淘汰,肯定有着独门绝技——如同那些长得丑的歌星,怎么敢唱得也丑?正七想八想,邱宇扬主动找握手。

"我认得你,你还记得我吗?"

"兄弟……看你面熟,名字说不上来。"

"你哪记得我,读小学那会,我们在台下人头攒动,你站在台上独孤求败。"

"兄弟真有才华,我在台上通常是念检讨,检讨还要妹妹帮我写。"

"怪不得,好多次听你台上发言,我印象里你才是挺有才华。"

邱月铭稍显轻松,掏出婚庆主持底本,就几页纸。占文翻看,商讨一些细节:"你们确实很有经验,做得蛮用心。"他还把不要钱的大拇指往上一撅。

邱宇扬倒也是性情中人,情绪来得飞快:"老弟不是经常逛酒吧的人,不知道我现在的名气。其实我歌唱得蛮好,你去水门口一带的酒吧,只要提到跛(读掰的音)大,哪个敢不晓得。如果不介意,明天会好好挑选几首歌,现场助兴。"

"没听过跛大的名声,出去混都有危险。"

"这我可受不起,腿跛了以后,我考虑的主要是以德服人。"

占文找一张椅子坐下来:"我确实很少去水门口,现在想先过把瘾。这里也有音响话筒,可不可以单独唱给我听?"

"当然,你在群艺馆,我这也算搞群众艺术,按说你就是我领导。我可不可以感到很荣幸?"邱宇扬调试音箱,把话筒抛接起来,有一把差点坠地,是用微跛那条腿勾起来,"一首任贤齐的《天涯》,献给今晚唯一的嘉宾,来自群众艺术馆的戴占文先生。"邱宇扬一旦唱开,身体自动起范,脚也不那么跛。邱月铭手机又响,边接边往外走。偌大的厅堂,占文独自听歌,邱宇扬声情并茂的样子给他莫名喜感。

一曲唱罢,占文掌声奉上:"完全没想到,也完全不过瘾。能不能再来一首?"

"没问题,今天专场献给老弟。"邱宇扬又来一首深情款款的《南海姑娘》。

台上唱得起劲,台下占文忽然想喝酒,手边却没有。这一阵,筹备新婚让他神经绷紧,睡觉也浅,此时此刻,邱宇扬的歌声竟让他身体难得地松弛下来……占文愈发感觉到,这世界上的事情总那么毫无道理,却让人乐此不疲。

观众虽少,气氛不拉胯,情绪不打折,邱宇扬可以源源不断唱下去。占文两手随曲调打起节拍,身体也有晃动,像一种同频共振。不知哪一节拍的效用,占文忽而站起,走向邱宇扬。两人相距三尺远,占文身子泼剌剌一抖,扭胯摇臀,开始伴舞。他向来欠缺舞感,此时灵魂出窍一般无师自通,杨丽萍附体一般浑然忘我。邱宇扬熟练地还以眼神,配合以肢体扭动,两个男人猝不及防地产生某种诡异的默契。

"……你俩抽羊角风了?"邱月铭不知何时进来的,将音响一把掐灭。

"被邱哥圈粉了哟,明天可不要把我的婚礼变成你个人演唱会。"

"你俩刚才喝酒了?"

"确实想喝,对酒当歌。"

"你今天办好事,忍一忍,要不然我也陪你喝。"邱月铭思维跳跃,

185

"帮你开车的那帮司机,谁在管事?"

"没人管事。"

"那他们现在还喝不喝?"

"不知道,人都还在夜市街。"

"随他们喝啊,这可不行。前年国税局老肖结婚就出过这事:帮他接亲的司机没人管,出发前全喝醉了,自己的车连环撞,婚礼还没开始,先搞出稀巴烂的心情。"她又问,"你结婚请的总管是谁?"

"什么总管?"

"婚礼必须安排总管,这都不知道?总管既管事也管账,不好外面请人,一般是要在亲戚里面挑一个。"她脸上意外,似乎也有自责:这几天每天电话来往,竟没发现这么大的漏洞。又说,"赶紧打那边电话,没撤席也绝不再喝。"

电话打去几通,终于有人接,开口叫占文赶紧过去喝酒。那边气氛正热烈,手机里弥漫过来。占文坐邱月铭的车赶去南边街"匡瓢烧烤",邱宇扬也主动陪同。帮接亲的朋友一个不少,围坐好几张方桌拼成的大台,有的正喝到兴头,猜拳行令,有的已经半躺在椅子上。占文现身,他们吆喝着一起敬一杯。对于婚礼,直到此时,似乎只有朋友们的热情完全合乎了预想。

占文给分酒器倒了个"单眼皮",邱月铭把他手摁住:"不能喝!"

"统共三两不到,不算多。"

"等下就要去接亲,他们都喝了一些,我们没喝的更要保持清醒。"她脸上有了怒容,就像碧姗,占文头皮一紧,示意大家都放下酒杯。

负责开花车的于化田认出邱月铭:"你是……西门坳跛大他妹?"

占文插话:"我请她当总管,等下接亲的事都由她安排。"

"为什么是她安排?"

"跛大和他妹都是搞婚庆的,等下要拍录像。"有人搞抢答。小小一个地市,街面上混久了,个个都有一定的能耐,扯到谁都能讲一大篇,且能保证准确度。

"拍婚庆录像,那应该叫导演。"于化田刚学会用牙线掏牙齿,动作大得像扯锯,好在牙龈皮实,说话时没发生血口喷人的现象。

"我请她当总管。导演也就是总管,合二为一,更好安排等下接亲的事情。"

邱月铭看他一眼。两人眼神以最快速度碰了一下,意思却传达无碍。邱月铭想问我怎么就成了总管,而占文的意思,总管除了你还有谁?这算是火线上马,她也不遑多让,扭头冲在场所有人说:"喝到这时候,不能开的就换一换人。开车不开玩笑,等下有谁弄出差错,跟占文不好交代。"

"说你总管,就打起官腔了。"于化田身上刺多,在单位怼领导,晚上喝酒骂朋友,是他最爱干的事。本来不是叫他开花车,他自己把奥迪凑来,跟占文说,要是把我当哥,一定拿这辆当花车。

所有朋友当中,于化田晚上喝酒就喜欢找占文,他听占文讲话小有瘾头。于化田既认这兄弟,又一直心存疑惑。有一晚憋不住,终于说出来:"占文,你说话腔调古怪,我却爱听。这么多年下来,我一直搞不清楚,你好多话是夸我还是骂我。"占文趁着酒兴,坦诚地说:"不要搞清楚为好,一旦搞清楚,可能以后兄弟都不要做。"

　　邱月铭又说:"你是建设局于哥,我认得你。事情总要有人管,大家顾着高兴,我负责婚事顺利办好。"

　　于化田嗤了一声:"跛大来了,跟我讲话从来都是客客气气。"

　　"你想多了,大家也都在听,我邱月铭讲话哪敢有一点不客气?"

　　"占文,你要请总管,也不跟大家商量。总管必须是自家兄弟,不像她,一个女的哪管得了事,要靠跛大的名头压场面。"于化田只要喝到一定量,就变成杠精,别人每一句他都能回嘴。

　　"哪个在叫我?"邱宇扬原本待在车里,这时拢了过来。在场的大都认得他,纷纷叫他"跛大",举杯敬他。邱宇扬手一摆,"这两天,我妹帮戴占文管事,明天婚礼又是我主持,到时再陪大家喝。"

　　"……不是明天,就今天。"

　　"都快一点了,能不能开车,各位自己掂量。酒驾很快会严管,要入刑;现在还宽松,但自己要对自己负责……也要对朋友负责。"

　　"跛大,现在你讲话也像个领导。"

　　邱宇扬目光找出说话的人:"欧润梁,晓得你去年在公路局混上一个科长,但你敢调皮,我照样帮你爸妈管教你信不信?"

众人哄笑,涧梁不敢说不信,酒没再往下喝。至于开车,众人都表示喝得不多,等下开车成列,头车压好速度,全程都是炒砂路面——好比穿钉鞋走旱路,打滑崴脚磕碰全都没有天理!

所有的车集中到一家洗车场清洗,邱月铭安排人逐车装饰。于化田那辆奥迪盖板上贴有九十九朵玫瑰拼成的心形花盘。

邱月铭把占文带至花车前面,聊的是另一件事:"真的请我当总管?一般来说,总管都是在自己亲戚里面请一个,德高望重。"

"我想不到别的人,总管也不是瞎喊。钱的事,你放心……"

"先不说这个,现在你这摊子事明显松散,我是要帮你把舵才行。其实,我哥来当总管更合适,总管就是要控场,管住人。但他又是司仪,分不了身。"

"哥不是总管,是来坐镇的,是今晚的定盘星。"

"还是你会说话。刚才听他们讲,你这人平时闷声不响角落里钻,酒一喝才慢慢有话,经常是妙语连珠,笑翻全场,所以朋友才多。那个于化田,不轻易服谁,据说就喜欢跟你待一起,还喜欢听你骂他。这是不是就叫脱口秀?"邱月铭说,"以前一直没看出来啊。"

占文暗自一笑,这"以前"指的是哪时候?她又是否记得,小时候彼此见过唯一那一面的情形?还有,玻璃瓶里的开水,是怎么变温的?

189

车队开拔时一阵细雨，灯光铺在路面有晶莹柔和的折光。花车有巨大天窗，幕布全拉开，近似敞篷。于化田曾自曝优点："用我这车把你家碧姗接到，这一路，你俩只管抬头往天上看，数星星。"占文也一直感叹于化田脑洞蛮大，满天星光被他借来当人情……此时上路，天际浓黑，云层如帽毡顶，占文脑里滚动而出一个词语：月黑风高。他心情古怪地悬起来。

　　于化田开车时嘴闲不下来。这样的黑夜，时不时飘落在前挡风玻璃上的雨滴，触发他想起年轻时候干过的所有破事。他曾经当过消防兵，练就一身爬楼翻窗的本事，转业以后，这样的本事只能在月黑风高的夜里重新捡拾。被他看上的女人不管住几层高楼，统统偷得着，探囊取物一般。

　　"占文，你知道吗，不是我要偷人，而是……我即便不去偷，她们也眼巴巴等着我偷。我这个人呢，最怕人家久等……"

　　"专心开你车。"

　　"没事，武松十八大碗还能打老虎……我是说，兔子不吃窝边草……呃，不是这个意思，我是说，只要你化田哥在，谁敢打你老婆的主意，那就别想在街面上混了。"

　　"……这话说的，我老婆还用得着你来保护？人家不敢盯，却是因为你撒尿留腥，抢先圈占地盘？"占文瞬间涌来一阵恶心，想不吭声，没忍住，"知道你是个反脑壳，逆向思维定期发作，但现在要忍一忍。今天我接亲,你跟我讲偷人,明天吃酒席,你是不是要哭丧?"

于化田干笑两声,终于把嘴闭上。

占文脑袋往后一靠,刚有点迷糊,后面传来嘈杂响声,有人连续按响喇叭,还有人冲前面喊停车。占文把于化田肩头一拍,他才如梦初醒踩刹车,两人下车往回走。这是公路一道弯,十几辆车全停下,弧形排开,黑暗中像是隐藏了一只巨大的多体节的昆虫。走到车队中间,果然出了事故:欧涧梁的雪佛兰追尾翟丰的斯柯达。这么慢的速度,这么短的距离,撞这一下显然不轻。"我是鸡麻眼,一到晚上看不清。"欧涧梁这么解释。他开门走下车,右脚的鞋掉了,袜子瘪了一半。现场状况,开车的人一眼明了:只能是把刹车当作油门,一脚猛踩。大家都喝了酒,也不好多说什么。雪佛兰前杠脱下来一半,斯柯达车屁股瘪了脸盆大个坑,这对伤病员,只能提前离场。

刚出城就出状况,占文本有的紧张情绪进一步坐实,疑心这只是个开始。坐回花车,于化田将一个不锈钢酒壶递过来:"喝酒压一压邪,刚才那凶婆娘管不着。"占文喉咙几响,问:"这是二锅头?"

"我日,十年黄盖玻汾。"于化田说,"你要找总管,找谁不好,偏找她。涧梁怎么撞的车,你不懂吧?"

"涧梁喝多了。"

"都喝多了,怎么就他撞车?以前涧梁追过那女的,记得好像叫邱碧英。"

191

"我怎么不知道？"

"这事不归你管，你不知道也不耽误人家好事。涧梁说过，她身上气味那个好啊，下迷药一样，吸一鼻又一鼻总嫌不够，浑身打飘，神魂颠倒。"

"女朋友身上的气味，涧梁都跟你说。你俩关系真是不一般。"

"女人嘛……后来，邱碧英嫌涧梁滥喝滥赌，有时还嫖，说分手就分手，涧梁怎么恳求，那女的一点不心软。"

"吃喝嫖赌都齐了，这怪不着人家。"

占文偶尔也奇怪，都说物以类聚，真是这样？他读的师范大学，毕业当语文老师，爱写爱画，后面是靠父母关系调到群艺馆，算不上好单位，但在市里正式跨入文化人行列。馆长是书法家，多次提醒他："占文，既然分来我们单位，就多跟文化人、艺术家交流，不要成天跟你社会上那帮污七八糟的兄弟搅在一起。"占文也想换一拨酒友，强行试过，最后还跟原先那帮朋友喝夜酒。占文私下有所总结，只是不好跟馆长汇报：在这僻远的小城市，文化人、艺术家很难见到一个真货，江湖混子却是个个如假包换。

于化田把酒壶一摇，重新递来："你都喝完，再睡一觉。等下接亲，要有精力好好闹一闹。"

"不能闹，碧姗不喜欢这个。"

"结婚不闹，以后日子不好过，老婆的脾气要压一压。"

"你睡,我来开车!"占文嘀咕,"好像你很会结婚似的。"

"妈的,又不是我结婚,确实瞎操心。"于化田掏出烟匣,又放回去,"今天哪有你开车的道理,别人要是发现,明天还不往死里灌我?"

于化田很短时间离了两婚,付出两套房和三根肋骨。别的朋友此前建议,叫谁开花车,都不要让于化田开——兆头不好。再说,虽然奥迪是辆牌子车,于化田搞的车震能少?震来震去,车子留下多少隐患,只他本人知晓。占文答复操心的朋友:"于化田对我一向还好,又是那犟脾性,真不用他车当花车,没准直接翻脸。"朋友不免疑惑:"你是不是怕他啊,怕谁让谁开花车,有这道理吗?"占文龇牙一乐,回一嘴:"你们个个都是好汉啊,我都怕,要不然来场比武,谁打赢了谁帮我开花车?"

酒壶还啜了几大口,占文脑袋绷紧的弦果然松动,椅子放低,头往后一枕。结婚这事自带提神,占文已二十多个小时没休息,此时靠酒精提醒才知累得不行,很快入梦。梦境里换了他本人开车,眼睛明明睁着的,视野里花花麻麻,完全看不清前面道路。他意识到这有危险,想踩一点刹车,右脚往前一踏空空荡荡。车似乎在加速,越开越颠簸……

颠簸却是真的,越颠越狠,占文的梦与醒无缝衔接。扭头一看,于化田双手把盘,坐姿标准得像三好学生一样。他平时开车,很难把身体坐直,现在这个样,简直像是被魔住。占文叫他一声没应,又伸出手在于化田眼前一晃。于化田浑身一抖,才被解了魔。

193

"路怎么这么烂？"占文感觉颠簸正被自己屁股压着。

"鬼知道，刚才还好好的。"

占文努力回忆并区分现实与梦境："刚才，我应该听到一声响……"

"没有，哪有？"

"要不是听到一声响，我怎么会醒来？"

"是你梦里头有一声响。"

"梦里有一声响，我不会醒，这一响确实把我弄醒了。"

两人争执不下，后面的车又摁响喇叭。占文叫于化田把车停一停。于化田突然烦躁："我是打头开花车，不能随便停下来。"占文问这是谁定的规矩。于化田不答，暗自加大油门，颠簸随之加剧。占文手机响铃，要接，指面没摁准，电话挂了。又是邱月铭打来，正要回拨，一辆车不断鸣响喇叭冲到前面，将花车慢慢逼停。于化田脸色微变，知道自己这车肯定出事。

有人过来敲车窗玻璃，不是别人，又是邱月铭。她冲于化田说："爆胎了，你都没一点察觉？"

右前轮不但爆胎，此时完全瘪掉，如土萎地。刚才有一段路，只能是靠那只轮毂强行往前滚动，形成颠簸。朋友围上来鉴赏这个废胎，有经验的瞄一眼说，轮毂肯定变型了。这胎爆了好一会，怎么没人听到？又有人问，于化田，你是开车哩还是梦见自己开车哩？

于化田嘿嘿两声，分开众人，从后备箱拿出工具，千斤顶很快把右边车框顶起。换轮胎于化田手熟,别人想帮,他一脸烦躁地轰人家走。用不了两支烟工夫,备胎上每颗螺钉被他小跳步踩紧。"小事啊,耽误不了多久。"于化田看一看表,示意占文上车。占文不想再上于化田的车,要不然,麻烦还会接踵而来,却不知从何说起。

"新郎不能再坐你的车。"邱月铭也这么说,占文心里一下子稳实。

"占文结婚,怎么都是你说了算?"于化田阴鸷地一笑,"你到底是谁?"

"就按她说的做。"占文及时表态。

"你是被她下了蛊是吧?你不坐我这辆车……那你等下接的还是不是自己的老婆?"

占文无奈地一笑。于化田的脑袋经常飙出一套神逻辑,要驳斥都不知从何下嘴。邱月铭再次挨近占文,压低声音说:"花车必须换一台,不会耽误事。我这台虽然是日产,尾数662,当了好多次婚车,都挺顺。还有一些事,上车我再跟你说。"

"占文,快上车!"这时于化田摆出自己能想到的最斯文的样子,模仿高档酒店的门童,身背打弯,一手开门,一手打请。

占文却想,这他妈是绑票,便不多说,直接往后面邱月铭的车走去。朋友也有现场评点:化田还他妈影帝附体,戏精现形。

"戴占文你是不是疯了?这边才是花车。"于化田跑过来一把扯住占文,要往回拖拽。此时邱宇扬几乎是从天而降,双手下劈,将两人分开,再将自己当成一堵墙夹在中间。于化田不敢挨近邱宇扬,虽然他是狠人,但本市狭促的江湖中咖位却异常清晰——两人根本不在一个量级。于化田无法承受这意外的挫败,放缓了声音:"占文,我这车的备胎和原胎是一个型号,就是说,没人看得出换了备胎……为什么你找来这些莫名其妙的人,搅乱你自己的好事?"

"老于,今天你来结这婚好吧?我不结了行不行?"占文一把将胸花扯下,丢在于化田脚边。于化田像是突发失心疯,啸叫着再次朝占文扑来。朋友赶紧堵住,隔开;还有人在远一点的地方扯劝:"都是兄弟,有话好说!"这一回合,邱宇扬来不及出手,只有感慨:"以前听说抢新娘,今天活生生看到一回抢新郎。"

"我们都知道那是备胎,这还能自欺欺人?"邱月铭又问站一旁的所有人,"谁听说过,花车换了备胎去接新娘?"

依然有人接嘴:"这种事真他妈从来没听说过。"

邱宇扬又走到奥迪车头,心形花盘被他一把撕下,带了过来。邱月铭的车内物件齐备,找出一大块双面胶,照着花盘铰出心形图案,将花盘在车盖中央重新固定,并对有损伤的花瓣稍事整理。

现在换邱月铭开车打头,车前灯能照见很远。路面平坦、空荡、寂寥,稍后开始起雾。随着路面起伏,雾也一坑一洼,时有时无。邱月铭摁下双闪,后面车接续亮起。

占文扭头向后,道路拐弯时闪现一整条光弧。他进一步确认:结婚可不是享受,而是一件精细的活。每个环节具体落实,降低误差,把这活儿弄得有模有样,并不容易。

车内安静,邱月铭再一开口声音略哑,像被刚才那些雾气熏过:"占文,我们以前是同学,这几天又一直相处,算是熟人不为过……"

"有话尽管说。"

"好事说不坏啊。一般来说,花车绝对不能换备胎去接亲。"对面偶尔来一辆车,她切换近光,"别人不说,我自己真就碰到这种事。结婚那天,花车来的路上爆胎,换了备胎。当时我不知道,后来才有人告诉我。结婚只两年,我跟他就离了。至于原因,我只能说,备胎对于我是非常准确的预兆……当然,可能是我经历过,有阴影,但小心没大错,能及时换车一定不要拖。"

"这事我妹妹绝不会乱说。"邱宇扬一直没吭声,陡然开腔,像是气氛组。

占文掂掇一番:"是你离了以后人家才告诉你,还是知道这事才离的?"

"你的关注点与众不同,但这不重要。"邱月铭一笑,"按说没我什么事,但作为朋友,友情提醒一句:结婚这事,两个人是要坦诚相对。如果外面的皮绊还没扯清楚,就不要急着结。"

"……我哪里有。"

"你犹豫了一会。"

"真没有！"

"那当然好，你就当我瞎操心了。"

"没有，今天晚上全靠你把舵。刚才，要是坐回于化田那辆车，我肯定疯掉。"

"你交的朋友，我认识好多，都是街面上响当当的。你看上去跟他们不像一类人。说实话，你并不引人注目。"

邱宇扬又飙一句："那是低调！"

"呃，小学时候，我也对你没印象。你肯定是闷声不响的一个，上学回家低头走路，不爱搞怪，不惹事，不像我哥。"

"我们打过一次交道，在薛家巷天桥底下。那年冬天，很冷，雪下得厚。你，还有你哥，我，我们三个人打过一次交道……有印象吧。"

邱宇扬说："兄弟，我们三个人？不会是桃园三结义？"

邱月铭则说："还是没想起来。提个醒，我们怎么打的交道？"

占文哑了口气："你有没有用青霉素的玻璃瓶子烧水，浇别人手上？"

"我？还是我哥这么干？"

"你当然不会这么干，是你哥叫你干的。"

"怎么可能呢，我年年三好学生。我哥要叫帮手，也是别的女孩，他又不缺跟班。"她确实努力回忆一番，又问后面，"哥你干过这种事？"

"好像是有。那次我打一个小孩，手上没轻重，把他打昏过去，要你烧一缸开水把他浇醒。是不是这个事？"

"怎么可能，开水把人烫熟，用冷水才能把他浇醒！那天你打的是雷向阳，我认识。"

"是啊，那天是在城北木器厂，不是在薛家巷；也不是下雪天，我记得，天没那么冷，要不然一缸冷水怎么浇得下去？"

"我记得很清楚，那天就是你。虽然模样有变，但大概看得出来，除非你们还有一个亲戚，跟你特别像。"占文故意讲起细节，就像电影里面，细节唤醒别人沉睡的记忆，每一次都管用，"当时，我以为水很烫，会把我烫脱皮，其实你暗中动了手脚，水温温的，浇手上还有点舒服。"

"……真不记得，完全不记得了。"她吹开垂到嘴角的一缕头发。

邱宇扬将自己脑门一敲："我以前天天惹事，具体哪一桩记不起哦。"

"我不是计较，只是这件事记得特别清晰。而且，也不觉得你们合伙欺负了我……那天，你是在偷偷帮我。"

"但我完全没印象……要是知道我哥欺负过你，甚至我也参与，哪好意思拉你这桩生意？哪好再把他拉来主持？"

"那就是我记错了……有这事，或许是别的一对兄妹。"

占文看看窗外天与山隐约的边界，记起那年冬天下六场雪，往后冬天再没这么疯过。

车速保持五十码,经过拱桥镇进入溶江县。占文电话再次响起,一看是碧姗,接通后,先就一阵湍急的喘息。碧姗说田小烨失踪了。

"不急,慢慢讲!"占文搞了一口深呼吸。这个妖冶的夜晚,这六十公里的夜路远比想象中漫长,甚至没有尽头似的。

邱月铭脑袋凑过来:"碧姗,你是不是在外面?开什么玩笑,先回到大姑那里,再跟我们通话。"

碧姗有了模糊的哭声。

"你旁边有人吗?"

碧姗将电话递给别的人,或者是小李抢过电话。小李是加请的两个伴娘之一,碧姗卖电影票时的同事。她们果然都已外出找人,离开大姑家的旅社,这一片区域巷弄太多,形同蛛网,找人需要更多人手。邱月铭叫小李把碧姗先送回旅社。一刻钟后电话再响,仍是碧姗的号,小李的声音。

入住大姑家旅社后,杨晴雨跟田小烨喧宾夺主又闹了起来。下午,几个女孩试穿伴娘装,没问题。田小烨在大地红婚庆公司试穿没一件合身,赶紧订制,三号她们出发前,赶急订制那一套才送来。到达溶江,田小烨将衣服往身上一套,依然不合身。她个子本就矮,还横着胖状如橄榄。伴娘装把她身材的缺点夸张得无以复加,别人穿衣是伴娘,田小烨一穿只能是来搞怪的,照一照镜子,自己都崩溃,还说服装厂发货时搞错了。碧姗说这尺码倒是贴着田小烨，另两个伴娘也说穿上去其实挺好，杨晴雨脸撇一边，暗自发笑。众人越是劝说，田小烨压力越大。小李提醒，换上高跟鞋会好一点。田小烨以前没穿过高跟鞋，只穿过平底松糕鞋，现在穿上新买的高跟鞋好一阵才站得稳。只是站稳又有何用，往前一走，浑身打晃，比踩高跷扭秧歌还夸张。杨晴雨看了一会说眼睛辣疼，劝她："高跟鞋不是想穿就能穿，就算假装走得动，也不适合现面，人家结婚会被你一个人搞变一部僵尸片。"稍后还补一句，"我这也是为你好！"

晚上小女孩不安稳，小李带着杨晴雨还有另一个伴娘看免费电影，田小烨留旅社里继续攻克高跟鞋。十点多散场返回，杨晴雨的伴娘装掉地上，地上一摊水，衣服拎起来脏污了好几块。她冲去另一间房，问是不是田小烨故意搞的。田小烨要求调监控，找证据。杨晴雨更加认定是田小烨干的，因为她意外地平静（用以掩饰做贼心虚），对答如流（早有应对），暗自得意（昭然若揭）。碧姗当然息事宁人，把那身衣服拿过来，说我去把裙赶紧洗，再用吹风机吹干就没事。杨晴雨哪敢让新娘动手，赶紧自己去洗。刚才，她们拍门田小烨不应，用钥匙打开，里面空无一人，床头柜摆着她送给碧姗的一条水晶项链。

"都怪我，杨晴雨拿衣服去洗，我冲她多说了一句：你自己要去看电影，没有收拾好，怪不到人家。田小烨听见，多心了。"这时，手机里的声音切换成碧姗，"占文，你们到哪了？"

"进入溶江,半小时能到!"

"来了先帮找人,要是找不到田小烨,这婚先不要结啦!"

"碧姗,你这是什么话哩……"

"一个活人找不见了,你说我哪来的心情?"

"碧姗,谁跟谁结,你要搞清楚……"占文这时只听见自己脑袋充血的声音。

"……占文,你点开免提,我来说。"电话漏音,邱月铭也把整件事听清楚,腾出手拍了拍占文。占文摁开免提。

"碧姗,我是邱姐,你听到吗……"

"怎么又是你,你是占文同学还是他妈呀?"

"碧姗,你俩结婚,我拿了钱跑腿,绝不是多管闲事,你们的钱也不能白花呀。碧姗,你不能什么事情都往自己身上兜。刚才你说那一句,我们听没有问题,田小烨要走是她自己情绪不对。今天,你才是新娘,才是婚礼的主角,别人都是来给你帮忙的,一定要分清主次。"

不管对方什么态度,邱月铭声音自带一种和缓节奏,像是太极拳,见力卸力。碧姗没了声音,肯定是在听。

碧姗虽然即将成为他的妻子,但他仍然搞不懂她。在自己面前碧姗像个小孩,但她在田小烨面前又像个母亲,随时为田小烨操心。他俩刚开始约会,田小烨经常过来找碧姗,两人一块挤在单人宿舍一米二的小床,须臾不离,碧姗为田小烨打包带去一日三餐,为田小烨洗内衣和裤衩。碧姗跟占文找茬会让田小烨心情愉悦,只要田小烨出现,占文每天都多挨几顿骂……占文搞不清她俩的闺蜜关系是否自带某种角色扮演,但他宁可将之归结为碧姗可爱之处:她也不是一味胡来,也有忍让的时候,也会碰到比自己更小的小朋友。

邱月铭一边开车一边跟碧姗通话,占文又不能替手。邱月铭流畅地发挥一阵,发觉电话另一头始终静默。邱月铭反复问碧姗,是否还在听,又是否听得见,仍不见回复。邱月铭索性闭上嘴,但手机没挂断,车内回复安静,却有一种僵持暗自进行。时间意外抻长,过了好久,也可能只过了一会儿,碧姗先开的口:"邱姐,我听得见。"

"那好……碧姗,过了今天,你就是大人,没有人会拿自己的婚礼开玩笑。这是你的婚礼,一生唯一的一次。田小烨是你朋友,你结婚她一个伴娘玩失踪,是不是喧宾夺主? 是不是在伤害你? 年轻的时候,谁都不能一下子分辨出来,自己正被伤害,但请记住姐现在说的:你丝毫没有对不起她,她现在正在伤——害——你!"邱月铭压了压节奏,"以后,说起这事,田小烨只会羞得脸皮疼……我们马上就到,你不要乱动。人肯定走不远,也不会去自寻短见……这还用说吗?绝望的时候人才会想到死,赌气离开是等着人去哄。她还有心情发大头嗲,离死就有十万八千里路云和月。她多大的人了,还等着你哄,偏不哄! 再说田小烨长得也……足够安全,是吧,能出什么意外你告诉我!"

"足够安全"让那边扑哧有声,邱月铭接着来:"相信我说的:你们

203

即使不找,她自己也会回来。我和田小烨打个赌,告诉她,要是她不回来,我输她十块!"

电话挂断。占文说:"今天幸好你来,要不然,我结这婚跟西天取经一样。"

"你这不算太糟。我至少碰到两三回,男方和女方亲戚在婚宴上直接翻脸,动起手来……"

"有这么严重?"

"女方提要求太多,男方就耍策略先搪塞过去让新娘进门,以后慢慢敷衍。这样的婚,一结就会爆。结婚是男女双方短兵相接,拆招解招,尤其考验男方的处事能力。要没经验,以为结婚好玩的,等着结婚时候好好享福的,最后大都灰头土脸。"

"这是自带隐患的,和我不一样,我只不过没有经验。"

"除了我们搞婚庆的,你们没结过婚哪来的经验?依我看,结婚本身就是个矛盾:当你结婚,其实根本不知道怎么结;知道怎么结以后,又结不了了。"

"离了再结的不是很多?"

"二婚三婚即使搞婚礼,肯定没那个气氛。结婚的气氛,就是蒸屉蒸包子,只能揭一次。"

"当然,你搞婚庆最有经验。那你是不是给自己……那你现在已经……还是……"

"离了六年,还是一个人。"

"不打算……"

"真的习惯一个人过,而且又干这一行,对结婚自带麻木。"

"……月铭。"

他第一次这样叫她,她果然把头扭过来。

"可不能说搞婚庆不想结婚,哪有这么严重的职业病?你人好,又是结婚专家,不找一个好的就没天理;但也别太用力,偶尔有空,蓦然回首灯火阑珊处,会有那么个人,错不了。你们要办一场最好的婚礼,不说豪华,但无可挑剔,靠你这么多年的经验精打细磨,懂细节的人要是有幸参加,一定会处处惊艳,时时震撼,参加你们的婚礼像欣赏一件艺术品。"

这一开口,竟然完全换了腔调,占文自己都猝不及防。刚才喝了于化田一壶酒,现在才醉?

邱月铭侧脸挂笑,冲后面说:"哥,你听听,人家这才叫口才,张嘴就有。"

"不是瞎说,我现在申请参加你婚礼,会不会是你第一位嘉宾?"

"借你吉言,最起码,要有这回事才行。"她说话夹杂有暗自的叹息,终止这样的话题。

凌晨三点多,进入溶江县城,县城的格局大同小异,但这个时间点眼见的一切又如此陌生。酒店宾馆旅社的灯箱时不时撕开一片夜色。

车速渐缓,邱月铭憋不住喷了一串哈欠。

占文说:"你们这行经常熬夜,也不容易。"

"习惯就好。你要见缝插针休息,结婚真的很累。"

"结婚也就这一次,累是累,睡也睡不好。"

"以我一贯的经验,结婚这事要有不顺,最好赶早发生。刚才这一路是有些麻烦,但是过一会接人,事情一顺,往下也全都顺过来。"

"也借你吉言!"

"喜福旺"旅社必然是整条街最亮的地方,院很小,车队沿街停靠。碧姗大姑门口迎客,前面引路;占文握好玫瑰花束,伴郎簇拥,好友紧跟,二十多人鱼贯而入。闹新娘的环节悉数删除,事情变了轻松,但也不乏一股冷清。占文走到二楼尽头,推开那扇贴有新鲜喜字的门。首先注意到的是田小烨,她在房间里,不知是被人找见了拖拽回来,还是自己顾全大局。此时,碧姗、田小烨和杨晴雨三人正抱成一团,哭泣有声,但因彼此脸贴了脸,谁哭谁不哭是一笔糊涂账。另两个伴娘站在窗前,脸上似乎在笑,眼角同样发潮。

占文环视房内,又一阵发蒙:这是什么剧本? 一扭头,身边邱月铭同样犯起眼晕。稍后,她压低了声音:"哭出来就好,尽释前嫌嘛。"

又等一刻钟,三个妹子才将情绪收起,自动松开,一张张脸弹回原状。碧姗如梦初醒一般看着聚在门口前来接亲的人,又往镜中一照。

"要补补妆",邱月铭赶紧过去。补妆后,按说由碧姗一个堂弟背她下楼,送进花车,但她拒绝(怕压着肚里的毛毛),自作主张将占文手一拽,离开房间,走下楼梯。小县城有禁放要求但不严管,僻静的街道这时火光蹿起响声大作,周围夜色却安之若素。走到院内,手持礼花喷涂出电光纸碎屑,半空皆是晃晃悠悠的光泽。碧姗的亲戚已聚齐,她父母则按乡俗暂避,要不然,老母亲势必摆出泪流涟涟的苦状,难免多一份辛劳。

邱月铭已是毫无争议的总管,负责"安客",每位亲戚坐哪辆车由她指派,依序上车。占文和碧姗坐进花车,司机换成邱宇扬。"有我跋大亲自开车,你这规格又往上调了。"他煞有介事。邱月铭走过来,揪掉他指缝间并未点燃的烟。

车子才走数十米,有人后面喊花车放慢速度,摄像车走到最前面。一辆车擦身而过,邱月铭钻出天窗,手持数码相机拍摄花车缓缓地前行。这一夜,她身兼数职,随时切换,一直都还游刃有余。占文看着前面一团光晕,忽然想:虽是我的婚礼,未必是我最累。这时,碧姗的手忽然捏紧。

返回市区,天际泛白。早点过后,占文本可补休一会,但"今天我结婚"像是在脑际反复不断的一串闹铃,明知睡不着,便不徒劳。

往下大半天时间,整个婚礼将在预定轨道不疾不徐地推进。赶赴河岸酒店之前,碧姗和几个伴娘心血来潮要吃冰激凌,于化田带着将功补过的心情,砸开一家冷饮店将一提榴莲雪糕带回来。看着她们互相交换舔食雪糕的情景,占文认定,经过一夜折腾,一切已然步入正轨。如同邱月铭预言,只要事情一顺,往下也全都顺了。

邱月铭短信发来:可以出发了,橘园路现在有点堵,离河岸酒店又不远,建议移步到达!

十点半过后,亲友陆续赶来,包括外地来客,自驾或租车。杨旸认为这场婚礼跟自己关系甚密,由他在岱城牵头,老同学甚至两名代课老师悉数被他动员,一辆大巴凌晨发车,过来二十多号人。占文这才意识到,自己的婚宴也有规模,初算五十桌,临时又加十二桌。现场早已布置好,婚纱照选择较木讷的一张,放大成海报挂出,喜悦的神情远看千篇一律,近看焕然一新。占文和碧姗站到自己照片下面,摆出如假包换的微笑,见有来客迎上去发烟发糖;来客想要合影,当然一一满足。邱月铭带一个细高个的摄影师,到处抢镜头。外地客人到来,她都留有影像,心里自动记数,瞅空提醒占文:"你前面说外面朋友四十来个,估计打不住,现在已经接近这个数,后面再有人来,订的房间够不够?"又有几位外地同学自驾车赶来,老远发出尖叫,占文不及细想,说房间不够再去订就是。细高个走位专业,抢拍某女同学张开双臂一个小跳,占文不得不将其接住,而碧姗嘴角一噘的样子则嵌入画面景深。邱月铭看一看表,是时候催邱宇扬做准备。

稍后她又发来信息:今天市里忽然热闹,几台活动同时搞起,现在城里到处都是人,好几条路竟然堵塞,据说还有大量游客马上要来。另用彩信转来截图:本市五月四日将举行六大新景区启动的典礼暨大型民族银饰展演、太平墟农事活动展演……前一阵,母亲跟占文提到过,婚期定黄金周可能撞上市里一些活动,因为到处都搞旅游,"五一"假期正是吆喝揽客的时候。当时聊到这事,一家人并不挂心上。为发展旅游,市里领导这几年都在拼命做活动,满脑袋馊主意往外冒,比如巨资创建大熊猫园。但旅游遍地开花,本地起步稍晚,效果一直不尽如人意。表演一搞,台上比台下人多,尤其那处冷清的熊猫园,六七只熊猫争抢着看偶尔步入园区的本地小孩。谁也不知道哪一条宣传突然触发了游客们的神经,这一天突然热闹,以往跟大熊猫一样稀罕的游客,果真开闸放水似的涌入。

整十二点,婚庆开始,大厅落座七成。邱月铭事先敲定细节,菜品一刻钟以后统一上桌,要不然嘉宾有的吃有的看,参差不齐,吃的把看的当傻子,情绪分化。邱宇扬换一身行头也就换了个人,上台时一溜跑跳步掩饰腿脚的不便,以为他要讲话,忽然喷几句英文歌曲,且是情歌对唱,男女的声音,他用一根舌头搅拌出来。这一招是酒吧控场惯技,特别有效,大多数来客没去过酒吧,简直神乎其技。掌声被邱宇扬激发并形成声浪,占文和碧姗"闪亮登场",伴郎伴娘各四对紧随其后……事后邱月铭对这环节的评价:伴郎伴娘也是要年龄配搭,上台的伴郎总体看上去像是伴娘的父亲。当然,她也把这归咎为自己的失误,没有

209

及时提醒。接下来，发言环节相对沉闷，占文母亲和碧姗父亲先后拿起话筒，自以为有一定表达能力，只是没有很好地区分单位和婚礼现场。占文昨天抽时间写了半页纸台词，此刻没有喝酒，个人风格完全无法发挥。按部就班，话筒搁到碧姗手里，她毫无准备，像是因为打瞌睡被老师点名的差生，憋一会，竟然抽泣，而她的抽泣又引发身后杨晴雨与田小烨同时哭出声音。邱宇扬临时救场，现编台词：戴占文先生和伍碧姗女士的婚礼，意外地迎来一段姐妹情深的时刻！台下来客集体蒙了，稍后冒出稀稀拉拉的掌声，随着三个女孩哭声加剧，台下掌声也同时热烈，像是一种较劲，一边总要盖过一边。

问答环节，游戏环节，都是传统套路，中规中矩推进，直到最后，占文背对来宾抛花束。用力大了点，像篮球里超远三分，花束在空中松脱，散了一地，许多来宾捡到，以为是事先的安排，问捡到花有没有奖品。邱宇扬不便回答，占文灵机一动，抓过话筒，叫捡到花的来宾上台领取红包。红包准备充足，每个随机装有几张小额钞票，像超市里的促销摸奖。

发过红包，整场婚庆才稍显热烈，占文暗自松了口气。若没有凌晨接亲那一路磕绊，这样的婚庆效果无疑会令自己失望，但现在只求不出岔，能顺利完事。许多时候，不同的事物都会莫名地关联一体，互为陪衬，此消彼长。

他未曾想到，当天真正的高潮，竟是开席以后才到来。按照惯例，占文和碧姗要到每一桌敬酒,这时邱宇扬放开嗓子,一手拿话筒,一手拎一个扎啤杯,按照新郎新娘行进的路线,抢先一步去到每一桌敬酒,给新人暖场,让气氛一直保持。而且,邱宇扬唱是真唱,喝也是真喝,每一口下去,巨大的扎啤杯水位暴跌,引发来客情绪上扬,有的当即换了酒杯。碧姗刚见到邱宇扬的时候,也有埋怨,怎么还是个瘸腿?瘸腿说重了,占文一时也不好解释。此时他示意碧姗往前面看,邱宇扬简直是在卖命。碧姗轻声说:"等下专门敬一下司仪。"占文说:"喝白的?"碧姗也不怂,说:"白的就白的。"

因气氛搞起来,开吃不到半小时就有数位来客喝出状态,见台上有人唱歌,当即自己来到歌厅的超大包厢,走上去抢话筒。这份情谊不容拒绝,邱宇扬话筒一交,有人确实功力不俗,增添气氛,也有人酒喝大了不知轻重,强奸现场数百人耳朵,音响也以刺耳的高频啸叫附和。邱月铭临时加了一项任务:堵在大台的步梯前,对想要登台献唱的人进行选拔。"以前开过那种转桌子的设备,一块钱一首,唱一首要换一张碟。换两年碟,不管谁一开腔,什么水平,我基本有谱……"邱月铭各种生意做过,钱未必赚多少,现在样样事情轻易拿得下。她将声线好的排了号,依序献唱;嗓音带刺或者𣏾在喉咙的,还有喝大舌头讲话嘟噜的,劝他们回桌再喝两杯。

挨到三点,满大厅只剩两三桌,又新摆两桌,那是婚礼工作人员开餐。占文这时得以坐下。邱月铭总结,一切都在预料之中。这等规模,这样的来宾数量,喝到哪个时候,坚持到最后有多少人,在她说来都有稳定数据支撑,极为准确。碧姗主动给邱宇扬敬酒,并摆出粉丝的表情,问能不能来一曲情歌对唱。邱宇扬眼睛来找占文,占文已然鼓掌。两人上台,挑一首占文读中学时候听过的粤语老歌,仍然听得出青春萌动的气息。

占文问邱月铭,能不能也合唱一首。邱月铭说自己唱得非常一般,比碧姗差一大截,又问占文能不能压场。占文说,那跟邱宇扬完全不能比。

"我俩都不擅长,还是算了。以后碰得着,人也不多,出不了丑,再一块唱。"邱月铭这时结束工作状态,主动找碰,将酒一口一口吞服。

作为新郎,占文难免假喝,也有真喝,婚宴结束喝得也不少。回了新房,床上红枕红被,占文往里一钻,哈欠一串串冒出来。从接亲上路开始,一天多时间都没正经睡觉,现在喝了酒,以为马上睡过去,没想累得过劲了,心里仍有隐约担忧,总感觉什么事情没弄好。正要入睡,碧姗把电话递过来。刚才也说好,如来电话,碧姗能处理就不会把他叫醒。电话一打,确有不大不小的麻烦:这次外地来客不少,订二十间房,本就不够,刚才婚宴以后,本地亲友抢占几间麻将房,还有几个喝醉的在宾馆里躺倒就睡。中午散席那会,一些外地来客见城里各种活动热火朝天,正好顺带旅游一番,不着急入住。此时天已擦黑,再去酒店找房,占文订好的房早已一间不剩。晚上睡哪没个着落,他们只能将电话打给占文。

占文马上清醒,大概估算一下,还要十来间房,才能把所有外来的客人安顿好。"呃,等一等,马上搞好。"占文以为换几家酒店问问,事情一定解决。查本地黄页,打了几家酒店前台,才发现全都爆满。占文不敢掉以轻心,嘱咐自己:今天这最后一道坎,看来要多费些手脚。南边街一带有好几家新开的小酒店、宾馆,电话还没印上黄页,只能去现场订房。占文也不多想,打个招呼往屋外走。碧姗问他出去干吗,他照直讲。

碧姗说:"打个电话不行? 你结婚哩,那么多朋友,都可以帮你跑腿。"

"这算我俩婚礼最后一桩事情,我亲自办好,心里才安稳。"

"有什么安不安稳,今天你结婚,你的朋友都要替你着想。"凌晨邱月铭劝说碧姗的话,碧姗现在活学活用。

占文说我很快就回,摔门而去。走出巷弄,长线局后门出现眼前,他突然明确自己心底隐约的意念。他无缘由地认为,今晚还会跟那人撞面。

天光已暗,城中人流果然不少,这景象很少见到,甚至让人秒回二十多年前的春节。占文人群中游弋,又接几通电话,尚未入住的朋友,话语间已带有焦躁情绪。占文打不到车,一路逆着人流,终于到达南边街,一看这一带人流更为密集。去到几家酒店一问,纵是剩有几间客房,已经标出高价,愿者上钩。

一间房没订着,电话又响,占文暗自叫苦。一看是邱月铭打来,意外又不意外,而且条件反射似的得来一份踏实。果然,她也问房子够不够。

"我在南边街,现在这里全是人,有房也订不起,五百多起跳。"

"真是疯掉了,比平时涨了三四倍。"邱月铭说,"城南冷风坳那里还订得了房,外地游客暂时找不到那里,但要抢快。"

"我这里打不了车,打到车也走不动。"

"我正好在老酒厂附近,开车过去很近,先看有没有房,帮你订下来。"

"那就先谢,若订得到房,我这边还缺十间。你垫付一下定金,我现在走过去把钱给你。"

"开什么玩笑,你今天结婚,老婆陪好了!"

二十分钟后,邱月铭再打来电话,说十间房订好,是一家没正式开张的小酒店,物品全新,只是稍微有些装修气味。占文说:"已经谢天谢地了,地址发给我。"他再把地址逐一转发给尚未入住的朋友,走出南边街能打到车,奔冷风坳那家没挂牌的小酒店而去。占文守在酒店大堂,给尚未入住的外地朋友开列名单,他们逐一到来,占文再一个个勾画。他问这些朋友还要不要宵夜,朋友们摆出担当不起的表情,催他赶紧回家。

一切忙妥,九点刚过,占文回想昨晚同一时候,邱宇扬正在河岸酒店,唱歌给他一个人听。这记忆生动,一天时长因而变得具体,但占文掂量不出这一天过得是快是慢。

冷风坳位于半坡,较偏僻,不好打车,占文只能步行返回,一路下坡,远远看见整座城市被这灯火勾勒出大体轮廓。此时,占文体内一股轻快四下游走,冷风坳正好有细风吹面。走到一处岔口,占文停下抽一支烟,摸打火机,也一并摸出手机,打给邱月铭,问她现在在哪。她说能在哪啊,这几天扎堆结婚,自己可闲不下来。下一趟活已经忙开,她正带人侍弄一堆车,将要组成接亲车队。占文又问:"哪家洗车场?"邱月铭说是在嘉华酒店的后院。那地方确实近,占文稍后拦住一辆摩的,十来分钟飙到。酒店后院当然也是停车场,他远远看见邱月铭的背影。

他朝她走去,她似有预感地扭头一看,并跟他打招呼。不远处另两个人也冲他打招呼,昨夜都是给他的婚礼帮忙。

"你怎么来了?"

"刚才你帮我垫钱了,我要还给你。"

"用得着这么急?"

"我去冷风坳帮客人办入住,事情搞完,我这婚礼也算真正结束。离你这里近,就过来。"占文说,"这一整天,帮我最多的是你。"

他递去两个红封。他把现金和红包背身上,刚才在岔路口封好,一

215

个是定金数额,另一个是一千二,本地人管这叫"月月红",婚后谢媒人当下也是这数。她当然要问另一个怎么回事。他说你给我当总管,不能白当。

"……意外丰厚。"她点了点钱数,稍有意外,"那就,恭敬不如从命!"

"吃饭了吗?"

"你呢?"

"就近找个地方吃点?"

"必须是我请你,要不然点盒饭各吃各的。"

她跟另两个人打招呼要走,他问是不是一块。她说时间紧,等下打两个盒饭带回就行。

这一带以前是工厂区,相对城里别的地方,稍显破败,路边苍蝇店层出不穷。前面有一家"汤大卤煮庄",虽不显眼,却是二十多年老店,两人都听说过,便不多挑,就这里了。进去以后,全木的屋子,板壁用旧报纸一层一层裱起。这是二十年前流行的装修风格,摆现在必是店主精心营造的特色,里面桌子七八张,人并不多。两人往里走,角落里占一张小方桌。

坐下来看菜单,她才感觉有哪不对:"今天你结婚,晚上我俩竟然在这里吃饭……你老婆不会催你?"

他把手机撂桌子上:"要不要赌十块钱? 我俩吃两个小时,看她会

216

不会打电话过来？我猜不会。"

"别开玩笑,吃个便饭,哪用着两个小时？"

"你请我吃饭,难道不请我喝两杯？这两天下来我一直紧张兮兮,好不容易突然变轻松,啥都不想,就想喝两口。喝酒我又不讲究,店里那几种二两五小瓶,我随便挑吧？"

"二两五小瓶哪行,我车上有酒。"

"你车上怎么有酒？白的？"

"干我们这一行,找空隙经常就着盒饭喝两口,解乏。"她打了个电话,叫嘉华酒店里的同事送一瓶酒过来,又叫服务员弄两个盒饭马上打包。

酒是五粮液的副牌,送人差点意思,当口粮酒正好。两人各自倒满杯,她脸上仍有疑惑:"我俩怎么还喝上了？越来越不对劲了……"

"喝都喝上了,哪来这么多废话。"他找她碰了一个。

她下嘴都是一口,习惯性的,又说:"我还真想知道,传说中你喝了酒以后的妙语连珠。到底要喝多少,才能开始？"

"要看心情和状态。"

"那现在的心情怎么样？"

"心情忽然有些古怪……"他左右瞥两眼,看别的顾客有没有抽烟。她将烟递了过来,是薄荷味的,女人往往只抽这个味,"我真不知道自己妙语连珠,就算有,妙语连珠也不适合听众点播,我一紧张发挥不出来。"

"你有什么好紧张，我还不够平易近人？"

"人家说我天生反骨，不怕大人怕小孩，不怕趾高气扬就怕平易近人……"

"没看出来，长得逆来顺受，还是天生反骨。"

"你甩开工作秒变犀利姐，这很容易激发我的状态和斗志。"

往下一杯一杯跟紧，两人都乐意尽快榨取想有的状态。

占文跟碧姗这段婚姻持续了五年。

结婚快满三年，碧姗第一次提到离婚，原因是性格不合导致抑郁。当时，占文以为性格不合是通用却没有实际意义的离婚借口，抑郁呢谁他妈没有，到底算不算抑郁症也要医生说了算……也就是说，到底为什么离婚，好歹你再给我一个更靠谱的理由吧。碧姗却坚持这个理由确凿无疑，不须另找。她是当真，乍一提出离婚就没有任何妥协余地。占文最终发现，一次小感冒，也有可能恶化成癌症晚期。在儿子跟谁的问题上，两人争执了差不多一年，虽然儿子本人只想跟母亲，但占文的母亲提醒他："收起你那套虚伪的仁慈和体谅，她提离婚，你就要提条件。这时候留不住，碧姗把仔仔带去岱城，离得这么远，父子也会疏远，以后你还念念不忘，仔仔看你就是一个陌生人。"占文这时候哪还怀疑母亲，一定将儿子留在身边。碧姗最终答应下来，再去办的手续。

离婚第二年,碧姗又结了婚,是她前面谈过的一个男友。占文自是意外,再一想,心里也无怨怼,他相信离婚只能是两个人共同造成的这么个结果。他会反复想起婚礼那天下午,自己急于离开布置一新的洞房,去见另一个人。整场婚礼,只有这一部分在记忆里最为牢固,占文经常翻出来在头脑中过一遍,甚至担心过一再的回忆,有如老胶片反复地播放会带来像素的损耗,会变模糊。当天晚上,在汤大卤煮庄,他倚赖酒精的作用超常地发挥,稍有冷场,也能用大量陈段子顺利过渡,于化田等人都成为可尽情发挥的话题。通过一系列稔熟的段子刻画,他们各自形象比面对面时更为丰满,以致他俩不断往桌上添加酒盅,倒满,当是被他提及的某个朋友已然来临。她好几回前仰后合,自觉失态,想要绷紧,适得其反,最终无视邻座诧异的目光,彻底放开笑声。

每次回顾这一晚的情形,占文又怀疑,自己当天发挥未必这样出彩。或许,她只是借当晚的酒,浇心头块垒。那一瓶酒,两人确也喝得一滴不剩。她甚至还要叫酒,他摁住她电话,说我必须回去了……你赢了,她确实打电话来催我。他撩亮自己手机屏,五六个未接电话。那一刹她回过神,表情陡地黯淡。

离婚第三年,又到青年节,占文想起这也是废弃的结婚纪念日,再回忆七年前的婚礼,各种画面涌动,然后邱月铭占有的比重,照样多于碧姗。思来想去,他找到电话里贮存的号码,她的手机号还在。离婚的这几年，他一直憋着劲不去联系她。

他给她发去一条消息：记得"备胎"的事吗，竟然很准。

发出以后，他频繁查看手机，可能她正忙事，一直没回。当晚十点，她才回复：什么"备胎"，我不记得了。

占文纠结一会，没打电话，继续短信里码字，把自己遭遇的情况讲一讲。离婚以后，所有知道他情况的朋友一致认定，是碧姗的问题。她必然和前男友一直保持着联系，所以抑郁成为一种精心设计的说辞，离婚则是他步入他俩的圈套。虽然，碧姗一直跟人说，自己是离婚以后，在一次聚会上，意外与前男友重逢，但说出来没人肯信。

占文还在信息里说，当年接亲的时候，于化田那辆车爆胎，你提过醒的，当时我还不信，现在不敢不信呐。这条信息发出，他心底雪亮：醉翁之意不在酒，我只是想告诉她我已离婚！这种拐弯抹角，伴以一阵恶心，但谁又会真被自己恶心坏呢？他等着她回复，一时思绪飞动：已过去这么些年，她现在又是什么状况？如果仍是一个人，那独身已有十余年，是否已抱定独身？如果……

咣唧一声，她回复消息：你所有的朋友都这么认为？

他说是，还有什么好怀疑的？

又过半个钟头，她才回下一条消息：碧姗离婚后再与前男友重逢，这种可能又怎么可能不存在？为什么没有任何人提醒你：碧姗说的可能是真的？你交的都是什么朋友啊？

占文浑身一凛，是啊，此前怎么没有任何一个朋友说这样的话？很明显，他们都知道，占文想得到怎样的回应。离婚之前，占文也不是毫无怀疑，但碧姗一心要留住儿子。他想到过，如果急于嫁人，通常情况下，女人又何必纠缠于此？越往深里想，越发现，一切皆有可能，而人很难确知事实真相，只能按自己意愿选择、认定其中一种可能。邱月铭只不过说了确实存在的另一种可能，只她一人道出，才会如此意外。意外之外，他知道两人把天聊死，接下来不知说些什么，也就不说。

那以后占文没再联系邱月铭，只是仍会想起两人在汤大卤煮庄的夜饮。他隐约记得，那天太累，又空腹，醉态比平时来得快，放开胆子说了一些话。"他们都说，你身上的气味很好闻……"她嫣然一笑。他趁机凑近一些，闻见一些气味。隔得太近，说着说着，笑着笑着，两人突然有了对视，空气凝滞，拥抱并接吻成为当时情境中唯一的必然……记忆延伸到此处，画面始终恍惚、模糊，占文不能确定这画面是事实还是想象生成。他后面路过那家饭店，狭窄的空间，又没有包厢没有屏风隔断，哪能是说吻就能吻上？再一想，那天晚上喝酒，难道不是自己存心故意，以便日后记忆恰到好处地模糊，既有所举动又能自我宽宥？

最近几年，占文不得不承认记忆力越来越靠不住，有时候自以为牢靠的记忆，一经证实有可能整个相反。但那一夜与邱月铭喝酒畅聊，如果之后的拥抱和亲吻只是幻觉，那么当天，为何如此真切感受到一种突如其来的心情？这心情繁复，包含了信任、依赖，也可能包含陡然而生的爱。记忆中画面越是虚幻,这感受越是拥有无限保鲜期,他随时翻找出来,重新体会那突如其来的一切。

婚后几年,占文跟碧姗一直找不到应有的亲密,当然身边朋友的婚姻质量普遍不高,占文甚至认为,冷淡风的夫妻关系是某种时代特色,自己正好得以紧跟一回潮流。但是,新婚之夜和另一个女人喝酒的记忆,反复提醒他,那种期待中的亲密关系,必然存在,一定是有。活了这么多年,他骗不了自己:有些东西,不能因为自己没遇上就否认它的存在,就比如爱情,你从未遇见,告诫自己绝不相信,但你也无法否认别人一定会有。

这些年和朋友夜饮聊天,占文有意无意将话题引向邱月铭,便听到关于她的一些说法。不止一个人说,她性格其实急躁,婚姻失败也不能全怪前夫,说得越多,跟占文的印象出入越大。占文日渐明了:使自己充满好感的,可能仅仅是邱月铭在工作中展现出的状态。她在别人的婚礼中沉稳干练,无所不能,但在自己的婚姻中却是焦头烂额。他不能期待老是看到她令自己心动的一面,除非他不停结婚,并一直请她充当总管。

年过四十,占文终于迎来第二次婚姻。妻子是市房产局一个老姑娘,每天帮人测房屋的建筑面积、使用面积。人稍显木讷,占文开玩笑,她经常反应不过来,闷了半晌,又突兀地发笑。纵是不说话,测绘员也喜欢傍着占文。此外,占文儿子仔仔也爱傍着测绘员,她从不嫌烦。偶尔,她独自带仔仔外出,若碰到有人问她"这是你儿子啊",她回以微笑,并说,"长得像他爸爸"。

新婚的到来令测绘员兴奋,想在婚礼之前有充分的规划,尽情体验生命里这唯一的一次。占文找个时机跟她说,专业的事专业做,你再怎么规划,也是想当然,实际的效果会大有出入。婚礼要想搞得有效果,最关键的是请到一个出色的总管。测绘员说,当然啦,你有经验。

占文尴尬一笑,这又想起虽然新换了手机,电话簿全都转移保存。稍后他去到另一间房,再次翻出邱月铭的电话,手比脑快直接拨号,却是空号。他也并不意外:这些年,通讯录里绝大多数电话,不像是为了彼此再有联系,倒像是为日后的失联留下证据。